Einaudi. Stile Libero Big

Dello stesso autore nel catalogo Einaudi

L'animale femmina

Emanuela Canepa

Insegnami la tempesta

Einaudi

www.einaudi.it

ISBN 978-88-06-24333-3

Insegnami la tempesta

a Valentina,
signora della tempesta

La sua paura, cosí, diventava una paura anche mia. E io e lei, insieme, dentro la stessa stanza, ci muovevamo sperduti, come attraverso un fragore prorompente, che ci urtava, ci avvicinava e ci separava, vietandoci d'incontrarci mai.

ELSA MORANTE, *L'isola di Arturo*

Per tutto il viaggio l'acqua non ha smesso di cadere un momento. Veniva giú a dirotto, un lenzuolo liquido che il vento faceva oscillare scaricandolo a sciabolate sull'auto.

Emma raggiunge la sommità della collina e si infila in una piazzetta sterrata. Cerca con gli occhi un varco nel labirinto tra le pozzanghere. Il cielo trema l'ultima volta, poi lentamente comincia a spiovere.

La furia del temporale ha spogliato gli alberi, le aiuole sono ridotte a un pantano coperto di foglie, e il selciato è una costellazione di buche piene d'acqua su cui si riflettono le nubi spazzate via a larghe folate.

Emma riparte e parcheggia sotto una pergola. È rimasto in piedi a malapena lo scheletro. Il tetto della macchina sfiora le code dei rampicanti strappati dal vento che oscillano ancora.

Spegne il motore. Ricomincia a farle male la testa. Un segmento di luce pulsante connette fra loro le tempie. Non importa, si dice. Non è grave. Non è un buon motivo per fermarsi.

Guarda in alto, verso il cielo. Il movimento le causa una fitta alla testa, e il dolore si fa acuto salendo a ondate.

Afferra la borsa ed esce dall'auto. Si avvicina alla chiesa.

L'edificio è modesto. Una facciata in mattoni scandita da quattro lesene e due nicchie vuote, senza statue, come dopo un passaggio di barbari. Non ci sono fregi o decorazioni. Solo una cornice in marmo spezzata in due punti che definisce la linea del portale.

È tutto chiuso. Affisso su un pannello in legno c'è un minuscolo cartello protetto da un vetro che riporta gli orari delle messe.

Alle spalle della chiesa si allunga in perpendicolare la struttura imponente del monastero, preceduta da un portico ad arcate regolari che inclina ad angolo retto e segue il fianco della navata. In fondo c'è un ingresso, chiuso. A distanza però Emma riconosce la pulsantiera di un citofono.

Costeggia il fianco della chiesa e mentre cammina si impone lunghi respiri. Si prepara come un pugile prima di un incontro. È un atleta che alimenta l'accanimento, l'ostinazione.

Arrivata al citofono preme il pulsante con violenza. Pensa alle parole piú adatte a intimidire, ma subito si rende conto che non le servono, perché nessuno le chiede nulla. Non fa nemmeno in tempo a dire il suo nome che una voce le risponde: le apro, ma abbia pazienza, mi ci vuole tempo. Poi la porta si spalanca da sola.

Questo la sbilancia. Era preparata a fronteggiare un rifiuto.

Entra e si ritrova in un ambiente di passaggio di forma squadrata. Di fronte a lei si apre l'ampia grata del parlatorio.

Si lascia alle spalle l'ingresso e si sposta in una sala disadorna. Solo un paio di poltrone molto vecchie e un divano coperto dalla stessa tappezzeria pesante. Sulla parete un grosso crocifisso pende dall'alto, sostenuto da una catena.

Prova a sedersi, ma le è impossibile rimanere ferma.

Si rialza guardandosi intorno. Sopra la porta c'è una stampa con la riproduzione di un'icona. Non la vede bene, troppo alta sullo stipite. Si avvicina.

La Vergine sostiene il bambino che la fissa intimorito e le si aggrappa. Il figlio di Dio ha bisogno di sua madre. Lei non lo ricambia, e non mette alla prova la natura di quella dipendenza. La dà per scontata. Rivolge invece lo sguardo verso il mondo e gli occhi sono duri, pieni di rimprovero, come se paragonasse l'inviolabilità del suo spazio materno, esemplare e compiuto, all'imperfetto mondo dei supplici.

Emma si gira e si mette in ascolto. Cerca di captare il rumore di un suono in avvicinamento, ma non sente nulla. Da quando è entrata lí dentro il silenzio sembra essere piú compatto. Avverte intorno a sé una densità quasi vischiosa.

Dalla finestra vede l'avancorpo del porticato allungarsi. Al centro del muro in mattoni si apre un grosso cancello di metallo sbarrato da una catena.

Un fruscio alle sue spalle. Per un istante, prima di girarsi, immagina che possa essere Irene. Tutta la rabbia che ha covato nel corso del viaggio diventa fisica e palpabile. Si volta, pronta a un gesto di forza, ma la donna che ha davanti non può essere lei.

È una suora giovane, in abito da lavoro, con un grembiale grigio che le copre il petto e si allaccia in due giri intorno alla vita. Non può avere piú di vent'anni. Sorride.

– Buongiorno. Scusi se l'ho fatta aspettare.

Emma fa un cenno. – Non importa. Cerco mia figlia, Matilde Montanari.

La suora ha un'espressione incerta. – Mi spiace, non so chi sia. Non abbiamo ospiti in questo momento. La foresteria è chiusa.

Emma fiuta la menzogna. Si avvicina per fronteggiare la donna. – So per certo che c'è. Ho ricevuto una chiamata ieri sera.

La suora continua a sorridere. – Una chiamata da qui, dice?

– Era una delle sue compagne. O almeno suppongo che lo sia.

La suora però la guarda e non dice niente.

– Irene Scarpa, – scandisce Emma.

È cosí che la chiamano ancora, lí dentro? Non ne ha idea. Sono anni che non ci pensa. Anni che non dice il suo nome.

La suora fa segno di avere capito. – Sí, è qui, ma è impegnata. Vuole lasciare un messaggio?

Emma sente con chiarezza che la resistenza della donna va smontata. Che deve attaccare. Che non può essere accomodante per nessuna ragione. Alza la voce.

– Io non me ne vado finché non mi fate parlare con mia figlia. Piuttosto chiamo i carabinieri.

È una bugia. E se lo facesse non servirebbe a nulla. Matilde è maggiorenne e si è allontanata da casa di sua spontanea volontà. Emma spera solo che la suora non lo sappia.

La giovane fa un mezzo passo indietro.

– Mi dispiace, ma senza appuntamento non è possibile –. Abbassa la voce. – È un convento di clausura. Le assicuro che in questi giorni non ospitiamo nessuno.

Emma non la lascia neppure finire. – Chi è il responsabile qui?

– Come dicevo, occorre un appuntamento.

– Non mi muovo finché non mi ci fate parlare. Veda lei cosa le conviene.

La donna aggrotta le sopracciglia. Finalmente smette di sorridere. Poi piega la testa. – Un momento –. Ed esce.

Rientra qualche minuto dopo. – Venga. La accompagno –. Oltrepassano una porta a vetri ed Emma ha la certezza che Matilde sia lí, a pochissima distanza da lei. Il cuore le si allarga in un riflusso d'amore che la collera non riesce ad arginare.

Scaccia il pensiero. Le occorre lucidità.

Segue la suora. Attraversano due lunghi corridoi perpendicolari su cui si apre una fila di finestre altissime. Oltre i vetri c'è un bosco di alberi fitti e assiepati che formano un fronte discontinuo sulla linea dell'orizzonte.

Poi la suora si ferma davanti a una porta massiccia, stretta e bassa come tutte quelle che Emma ha visto finora.

– Suor Irene può riceverla, – dice. Sfiora lo stipite con le nocche e abbassa la maniglia facendosi da parte senza entrare.

Irene la aspetta in piedi dietro la scrivania, al centro della stanza.

Emma ha il tempo di osservarla. Le sembra molto diversa. I capelli ancora neri sono tagliati corti, una ruga orizzontale le segna la fronte. Indossa una tonaca grigia, lunga e dritta, ma non porta il velo.

Per un secondo Emma oscilla, poi l'impulso alla caparbietà le raddrizza la schiena. Cerca una parola inequivocabile che metta subito in chiaro come stanno le cose tra loro. Non la trova. Si chiude la porta alle spalle e si avvicina alla scrivania.

– Matilde aveva detto che saresti arrivata. Non era necessario, – dice Irene quieta. – Ho chiamato solo per tranquillizzarti.

– Dimmi dov'è.

Irene ha un'esitazione, un tremito delle labbra che ha la sembianza di un sorriso.

– Per favore, siediti. Parliamo.

Parte prima

1.

Quand'è che le cose con Matilde avevano cominciato a peggiorare? Emma se l'era chiesto spesso, ma l'origine del disagio le sfuggiva. Sapeva solo che sempre piú di frequente le capitava di sentirsi inutile. Una madre superflua.

Forse il primo segnale inequivocabile era stato quel capodanno che Matilde aveva chiesto di passare in montagna con alcuni amici. Qualche mese dopo, a marzo, avrebbe compiuto diciassette anni. Era sempre stata una ragazza autonoma e piuttosto solitaria. Usciva poco, non se ne lamentava, sembrava quasi che non le importasse. L'isolamento era l'unica dimensione che occupava con slancio, e da moltissimo tempo i suoi avevano smesso di badarci. Matilde era fatta cosí.

La richiesta era insolita, ma poteva segnare una svolta felice. In ogni caso perché Emma e Fausto avrebbero dovuto impedirglielo? Si trattava di un paio di giorni insieme a compagni di classe di cui conoscevano il nome e la famiglia. Non c'era motivo di opporsi, e non lo fecero. Emma però avvertí fin da subito un'increspatura di affanno, qualcosa che la turbava senza avere un contorno preciso.

Matilde sarebbe dovuta rientrare la sera del primo gennaio. Invece quel giorno aveva telefonato dicendo che voleva fermarsi piú a lungo. Il pomeriggio successivo aveva ripetuto la stessa cosa, e alla fine solo un messaggio, per avvisare che non sarebbe tornata a casa prima della ripresa della scuola.

Non era mai successo. Il tono era sbrigativo, e quando Emma aveva cercato di contattarla al telefono lei non aveva risposto.

Emma si era innervosita. Sono una madre comprensiva? Direi di sí. Le pareva una cosa di cui essere orgogliosa. Le sarebbe piaciuto che Matilde in cambio le riconoscesse un'elementare forma di rispetto. Anche a una madre compiacente si può usare la cortesia di chiedere con educazione.

– Alla sua età non me lo sarei mai potuta permettere, – aveva detto a Fausto.

– Una volta ho sentito mia madre dire una cosa simile parlando della sua. E mi ricordo di una versione di Seneca dello stesso tono, ed era il I secolo. Significa solo che i figli crescono e noi stiamo diventando vecchi.

Emma aveva messo giú il libro che teneva in mano per guardare suo marito, inginocchiato sul terrazzo davanti alla porta finestra, socchiusa per non fare entrare il freddo. Le dava le spalle. Indossava una vecchia camicia a scacchi rossi e blu, e i guanti verdi da giardiniere, strappati all'altezza delle prime due dita della mano destra. Era sempre felice quando si dedicava alle piante.

Rimestava con la paletta nella sacca di terriccio come in una zuppa sul fuoco. Per lui l'asprezza di Matilde e le difficoltà di Emma significavano poco, erano malesseri irrilevanti.

Non vale la pena discutere, pensò Emma. Non avrebbe saputo nemmeno spiegare cosa la disturbasse tanto. La sua inquietudine aveva ancora radici invisibili.

Il giorno prima del rientro di Matilde, Fausto provò a distrarre Emma. – Usciamo a prendere una cioccolata, dài.

Lei era stanca. Aveva pulito casa da cima a fondo, un'attività che detestava, anche se tendeva a rifiutare qualsiasi aiuto. E neppure aveva mai accettato di assumere qualcuno. Ne usciva sempre a pezzi e intrattabile. Una volta, molto tempo prima, Fausto le aveva domandato: allora perché lo fai? Lo sai che a noi non importa. Lavori tutta la settimana. Basterebbe un terzo dell'impegno che ci metti, se proprio vuoi occupartene tu. Chiamiamo qualcuno, no? Ed era uscito dalla stanza come se la cosa si imponesse con una tale evidenza da rendere superflua ogni replica.

Emma si era fermata in cima alla scala con una pila di coperte che stava mettendo via, irritata perché la risposta le sfuggiva senza che questo attenuasse l'urgenza. E in piú la faceva sentire stupida. Poi quella notte, a letto, le parole le erano venute: perché va fatto, ecco perché. E se non me ne occupo io nessuno se ne prenderà cura nello stesso modo. Era un dato limpido, incontestabile, e lui avrebbe dovuto capirlo da solo. Ma erano passate ore e a quel punto Fausto dormiva profondamente accanto a lei. Sarebbe stato ridicolo svegliarlo, e cosí Emma se l'era tenuto per sé, né le era mai capitato di tornare sull'argomento.

Stavolta però aveva ragione lui. Prendere una boccata d'aria avrebbe fatto bene a tutti e due.

Uscirono di casa verso le sei e passeggiarono per mezz'ora lungo le strade di Prati, sbucando in via Cola di Rienzo. Le luci di Natale avevano l'aria avvilita che prendono allo scadere delle feste, in giro c'era pochissima gente. Non faceva freddo, si poteva restare seduti fuori accanto alle lampade riscaldanti. Ma Emma continuava a distrarsi, e le chiacchiere di Fausto la innervosivano.

– Sono preoccupata per Matilde, – sbottò all'improvviso, interrompendolo.

Fausto la fissò sorpreso. – Perché torna con qualche giorno di ritardo? Non mi pare grave.

– Non è questo. È cominciato prima. Non so dirti quando con esattezza, ma prima. La sento sempre distante, non so mai cosa le passa per la testa.

– In concreto cosa? Fammi degli esempi.

Emma ci pensò, ma non seppe rispondere. A Matilde non si poteva contestare niente di specifico. Si alzava di sua iniziativa la mattina, a volte perfino prima di loro se le veniva voglia di andare a correre. Era puntuale, precisa, una studentessa capace, e aveva amicizie tranquille. Non c'era nulla in lei dell'adolescente irrequieta. Eppure, anche se formalmente non metteva in discussione l'autorità di sua madre, era da tempo ormai che viveva come se non ne avesse bisogno. Matilde era ineccepibile ma scostante.

Non si poteva nemmeno dire che i loro rapporti fossero mai stati migliori di cosí. Fino a una certa età Matilde era stata meno distaccata, forse. Ma affettuosa mai, anche se Emma era quasi certa di ricordare un tempo in cui sua figlia aveva provato per lei dell'ammirazione silenziosa, come un cortigiano verso un sovrano illuminato.

– Niente. Non posso rimproverarle niente. Però vorrei capire perché non parla con me ed è ostile. Lo so che è un'adolescente, ma lo è anche per te, invece vi vedo sempre insieme. O l'adolescenza è una condanna che devono scontare solo le madri? – Poi le uscirono parole dure che Fausto non meritava: – Si vede che quando non sei il vero padre certe cose vengono piú facili.

Fausto si irrigidí ma non disse niente. Incassò e andò oltre, non era da lui portare rancore. E contro la verità dei fatti non poteva obiettare nulla. – È una fase, – rispose. Ma peggiorò la situazione, acuendo la pena di Emma. – Non è vero che ti ignora. Parliamo spesso di te.

Lo so che parlate spesso di me, pensò lei. È anche questo il problema.

Era cominciato in sordina, impercettibilmente, e all'inizio Emma non se n'era resa conto perché per tutta l'infanzia Matilde era stata una bambina taciturna.

Quando andava a prenderla a scuola la vedeva camminare sempre a passi lenti, senza scalmanarsi come i suoi compagni. Una minuscola adulta, non c'era altro modo per descrivere il senso del suo stare al mondo. Un piede davanti all'altro, lo sguardo dritto di fronte a sé.

All'inizio Emma si era preoccupata. Aveva pensato che avesse problemi di socializzazione, e in fondo la cosa non l'avrebbe stupita. Ma le maestre l'avevano rassicurata. Matilde non aveva nessuna difficoltà in classe, neppure con i compagni. Infatti, osservandola piú attentamente, con il tempo Emma aveva finito per riconoscere i segnali impercettibili della sua rete di legami. Certi bambini le lanciavano un saluto passandole accanto, e Matilde rispondeva sorridendo, oppure con un cenno d'intesa.

Intorno a lei però c'era sempre un vuoto d'aria, una vertigine di isolamento che Emma non riusciva a spiegarsi e che in qualche modo la confondeva.

A differenza delle altre madri aveva smesso quasi subito di andarle incontro. Si era convinta che a Matilde non piacessero le smancerie, e del resto non le amava neppure lei. Vedeva frotte di bambini accendersi come lampadine mentre correvano verso le madri, e si sentiva in difficoltà.

La seguiva con gli occhi dal momento in cui sbucava dal portone. Sollevava la mano per farsi notare, poi la aspettava fuori dal cancello accanto all'auto. Certe volte le pareva di essere un'istitutrice. Una donna pagata per prendersi cura di una creatura di un rango diverso dal suo. Quando arrivavano una di fronte all'altra premeva fra loro, sospesa e invisibile, una bolla di imbarazzo.

A quel punto Emma avvertiva la necessità di fare un gesto materno per ristabilire un legame, il primo che le saltava in mente, e che non risultava mai spontaneo. Le aggiustava il berretto di lana sulla fronte, o le toglieva un filo sporgente dal cappotto. Si salutavano con un bacio leggero e solo a quel punto l'impaccio si dissipava. Matilde era silenziosa e ubbidiente. Non discuteva mai. La fissava e basta.

Poi qualcosa era cambiato nella gerarchia delle sue passioni. Emma si era accorta che lo sguardo di Matilde verso di lei perdeva intensità. Al suo posto aveva preso avvio una nuova confidenza con Fausto, meno implicita e piú corporea, che ogni giorno si faceva piú forte.

– Torniamo a casa? – disse al marito, alzandosi. – Comincio ad avere freddo.

Cercò di scrollarsi di dosso la tristezza. Matilde sta cambiando, pensò. È sempre piú immune dal bisogno della mia approvazione. Forse è un bene. E se è un male, è colpa mia?

Non lo sapeva. Certo, c'era stato lo scoglio di qualche anno prima. Un atto di violenza, cosí l'aveva definito Fausto, esagerando. Dall'inizio del loro matrimonio era stato l'unico vero motivo di conflitto fra lui ed Emma, la sola divergenza importante sull'educazione di Matilde. Ma Emma non aveva ceduto e ancora oggi era solidamente convinta delle sue ragioni, forse addirittura piú di allora. Mentre Fausto, che sapeva di non poter vantare fino in fondo il diritto di padre, aveva dovuto ingoiare la frustrazione e fare un passo indietro.

Matilde sarebbe dovuta rientrare domenica per l'ora di cena.

Emma era nervosa. Vuotando le buste della spesa le era caduto tutto dalle mani, ripetutamente.

– Ti aiuto, – le diceva Fausto. E intanto inseguiva le arance rotolate fin sotto al divano del salotto. Lei non riusciva a sentirsi grata. Pur di restare sola e non dover fare sforzi per nascondere l'irritazione l'aveva rimandato fuori due volte benedicendo il supermercato aperto anche la domenica. Prima l'insalata, poi la senape.

Alla fine Matilde era arrivata. Con mezzi suoi, perché non aveva voluto che andassero a prenderla alla stazione.

Un attimo prima che l'acqua per la pasta cominciasse a bollire, sentirono la chiave girare nella toppa.

– Hai visto? – Fausto le mise una mano intorno alla vita. – L'acqua bolle e lei arriva. È un buon segno, no? – E andò incontro a Matilde.

Emma si sciolse in un sorriso. Forse aveva ragione lui.

Si distrasse abbassando il fuoco e prendendo il piatto con la pasta già pesata. Un istante dopo si girò e vide Matilde ferma sulla soglia. Per un attimo stentò a riconoscerla. Si era tagliata i capelli, non c'era piú traccia della naturale sfumatura di luce. Sembravano quasi neri. Li aveva tinti? No, non era questo. Era il suo colore naturale, piú scuro alla radice ora che non c'era piú la tonalità morbida e castana a schiarire le punte. Emma era talmente sorpresa che dimenticò di salutarla.

Si avvicinò allungando la mano verso la testa di lei. Matilde fece per scansarsi con troppa violenza. Poi, come pentendosi del gesto brusco, si lasciò toccare.

– Dio, un bel cambiamento, – disse Emma, passandole una mano sulla nuca. I capelli cortissimi le solleticarono il palmo.

– Non ti piacciono?

Emma la guardò meglio. La linea della mascella adesso era in piena evidenza, e accentuava la sua aria bellicosa. Tutto in lei si era fatto piú appuntito e distante.

– Sono sorpresa. Devo abituarmi.

– Non ti piacciono, – ripeté Matilde stizzita.

– Non ho detto questo –. Emma allargò le braccia. – Ho detto solo che non me lo aspettavo. Lasciati guardare meglio.

Fausto le raggiunse e strinse Matilde per le spalle. – È bellissima, no? – disse.

– Per il momento sei l'unico contento qui dentro, – obiettò lei.

Emma si sentí attaccata. Subito, e senza motivo.

– Che succede? – chieste Fausto. – Non ti piace?

Emma si irrigidí. – Non ho detto niente di male.

Matilde si rivolse al padre. – Tu hai detto che sono bellissima, e mamma non ha detto niente di male. Mi devo accontentare.

Fausto pareva in imbarazzo. – È quasi pronto. Lascia di là la tua roba e mettiamoci a tavola.

– Ho mangiato un panino un'ora fa, – rispose Matilde. – E domani devo alzarmi presto. Preferisco andare a dormire.

Emma avrebbe voluto dire qualcosa, non voleva rovinare la serata, ma non riusciva a mandare giú il disagio che le dava quel taglio, e la decisione improvvisa che Matilde aveva preso senza nemmeno avvisare, come se ci tenesse a far capire che non doveva rispondere di niente a nessuno.

Matilde si avviò verso la sua stanza.

È solo un taglio di capelli, si ripeté Emma. Nient'altro. Eppure la tensione che teneva a bada da giorni riprese a pulsare all'altezza della gola.

2.

Alla ripresa della scuola le cose peggiorarono ancora.

Emma non sapeva come comportarsi. Ogni giorno si sforzava di individuare il punto di minor resistenza, senza successo.

– Sabato pomeriggio sono libera. Perché non facciamo un giro in centro? Non hai bisogno di niente?

Matilde alzava lo sguardo sospettosa mentre lei attendeva la risposta, in ansia come un innamorato.

– Viviamo a Prati, è pieno di negozi. Che bisogno c'è di andare in centro? Comunque non mi serve niente –. E tornava a infilare la cuffia abbassando il viso sullo schermo del portatile.

Non chiedeva mai soldi, si arrangiava con quello che riusciva a guadagnare facendo lavoretti improvvisati. Diceva pochissimo di sé, l'indispensabile, qualche volta con la cupezza degli introversi, ma piú spesso con un mezzo sorriso e una certa misura di sarcasmo.

Un giorno però, rientrando dal lavoro, Emma l'aveva intravista al bar sotto casa in compagnia di due amiche. Al lato opposto della strada, sotto un tendone bianco inclinato, le tre ragazze parlavano. Il suono delle loro voci arrivava a Emma acuto e distante.

Le conosceva, erano compagne di classe di Matilde. Si godevano un'ondata di caldo fuori stagione destinata a durare poco. Le amiche portavano leggings neri al polpaccio e magliette fosforescenti con le stringhe incrociate sulla schiena. Emma notò i borsoni a terra. Evidentemente tornavano dalla palestra e avevano citofonato a Matilde sulla via di casa. Lei invece indossava jeans e una maglia a maniche lunghe, tirate su fino al gomito.

Seduta tra le due ragazze, che erano bionde e con i capelli lunghi e legati in una coda, Matilde risaltava come sempre per la natura della sua fermezza, che si notava perfino nella posa rilassata. Dava le spalle a Emma, che ne vedeva solo la schiena ampia, le scapole dritte e sporgenti, i gomiti sui braccioli della sedia in vimini. Non si sporgeva quasi mai in avanti, a differenza delle amiche, che si lasciavano trasportare dalle chiacchiere e spesso accostavano il viso l'una all'altra. Seduta in mezzo a loro, Matilde dava l'idea di concedere udienza.

Cosa sapevano quelle ragazze di sua figlia? Matilde parlava di lei?

Fece per rientrare in casa quando l'esplosione di una risata la spinse a girare di nuovo la testa verso di loro. Il viso di Matilde, di profilo, sembrava disteso. Il mento tremava d'allegria. La gioia le incideva i tratti e la trasfigurava in una persona che in casa Emma non vedeva mai.

Infilò le chiavi nel portone con stizza, premendo tutto il corpo contro l'anta di legno come fosse un nemico personale da abbattere. La consapevolezza di non avere accesso a quel lato di lei le pareva iniqua. L'ostilità selettiva di Matilde rendeva quell'allegria quasi impudica.

Ogni sera, a letto, Emma tornava sullo stesso argomento: – Non capisco cosa le ho fatto.

Fausto diceva qualcosa di inutile e consolatorio per poi spegnere l'abat-jour sul comodino. Erano frasi scontate, prive di cura. – È tutto nella tua testa. Ha solo bisogno di essere lasciata in pace –. Con il tempo Emma si accorse che Fausto cominciava ad averne abbastanza. Per lui la sua stava diventando un'ossessione senza fondamento.

– Hai una figlia che non dà nessuna preoccupazione, cerca di rendertene conto.

Emma non trovava il modo di replicare, cosí smise di parlarne.

La sera tornava a casa dall'ufficio stanchissima. Faticava a addormentarsi e riusciva a trovare pace solo la mattina presto, aggirandosi per casa nel silenzio prima che gli altri si alzassero.

L'appartamento aveva un unico terrazzo. Ogni mattina Emma spalancava la porta finestra e usciva, anche in inverno. Non le importava che fosse umido o freddo. Si stringeva addosso la vestaglia e si appoggiava al davanzale con una tazza di caffè lungo tra le mani.

La circondavano le piante di Fausto, che erano ovunque, qualcuna perfino appesa dentro piccoli contenitori conici fissati con una catenella al soffitto, che oscillavano alla minima bava di vento e ogni tanto si staccavano senza grossi danni, perché Fausto li caricava solo dei bulbi piú resistenti. Sapeva riconoscerli a colpo d'occhio, non sbagliava mai. Potevano sopravvivere a una caduta, poi bastava una spazzolata veloce e un nuovo innesto, ed era come se nulla fosse accaduto.

Emma non avrebbe saputo far crescere neppure la gramigna, e non le interessava. Però quel verde le dava conforto.

Il terrazzo affacciava sul cortile interno, che aveva una vaga forma ottagonale, risultato di quattro grossi palazzi umbertini a forma di elle che si guardavano le spalle a vicenda. Visti dalla strada, all'altezza dell'ingresso principale, era quasi impossibile immaginare che avessero un cortile in comune. Poi però, passando l'ingresso e superando un'ampia galleria buia che sbucava nel cortile, si capiva subito che quelle isole costituivano un'unità funzionale, come alberi enormi che fanno a gara per innalzarsi verso la luce ma sotto la terra, al buio, intrecciano un groviglio di radici.

La superficie del cortile era attraversata in diagonale da un vialetto a ciottoli che univa gli edifici disegnando una croce. Al di fuori del viale tutto era occupato da aiuole enormi, dentro cui il custode faceva crescere decine di alberelli che ruotavano nella fioritura stagionale. Le chiome si allargavano tra un'aiuola e l'altra tendendo i rami e creavano delle gallerie attraverso cui in estate filtravano minuscoli filamenti luminosi.

A volte, prima di andare al lavoro, Emma si infilava una tuta e scendeva. Percorreva l'acciottolato sfiorando il bordo tagliente e scabro delle siepi tenute sempre in ordine a circa un metro dal suolo. Cercava di riconoscere gli odori o i suoni appena percettibili, ma tutto quello che riusciva a cogliere era l'alito pesante dell'umidità e della terra smossa, e i frammenti dei suoni del risveglio che provenivano da qualche appartamento al piano terra.

Si fermava ad ascoltare, soprattutto quando sentiva voci di bambini. Provava a immaginare le parole e lo sguardo delle madri, ma niente le era familiare o le ricordava qualcosa che avesse a che fare con lei. In ogni caso le finestre rimanevano sempre chiuse.

Lí sotto non incontrava mai nessuno, eccetto una donna anziana che abitava da sola nello stabile di fronte. Le capitava di incrociarla anche fuori, alla posta o al mercato rionale. Usciva spesso la mattina presto per annaffiare le piante nel terrazzino al piano rialzato. Era capitato che invitasse Emma a prendere un caffè, in passato. Lei aveva accettato solo la prima volta, per cortesia.

Si era seduta educatamente nel cucinino, guardandosi intorno. Sui muri c'erano tre piccole stampe incorniciate, una sull'altra.

«Mi piaceva il teatro, – aveva detto la donna, seguendo il suo sguardo. – Mi piace ancora. Vado molto spesso».

Era vedova? Aveva figli? Emma avrebbe voluto saperlo, ma chiederlo sarebbe stato indiscreto. Non l'aveva mai vista in compagnia di altri, e neppure le era sembrato che i saluti per strada fossero un'indiretta richiesta di contatto, come accade con le persone anziane. Era socievole ma non cercava compagnia. Pareva esserle indifferente che la gente si fermasse a fare due parole oppure no.

«La vedo spesso in giardino, la mattina».

Emma aveva annuito. «Mi rilassa molto prima di uscire, anche solo dieci minuti».

«Non lo trova sovraccarico? Troppi alberi. E tutti diversi».

Emma aveva guardato attraverso il varco della porta finestra aperta. Era vero, il risultato aveva qualcosa di incombente. Ma quando poi si ritrovava vicina alle piante sapeva che era proprio il genere di compagnia di cui aveva bisogno. Si sentiva accudita dal silenzio di quella affollata compagnia vegetale. La pace del cortile era sedativa, anche se durava poco. Solo fino al risveglio di Matilde e al peso del suo sguardo.

Aveva finito il caffè ed era uscita scusandosi per la fretta. Mi perdoni, faccio tardi al lavoro. Allo stesso modo aveva rifiutato gli inviti successivi, che erano stati occasionali e non particolarmente pressanti. Poi la donna aveva smesso di farne. Continuava però a salutarla con gentilezza sincera e senza rancore, incontrandola in giro per il quartiere. Emma non riusciva mai a evitare di sentirsi vagamente in colpa.

Al mattino Matilde apriva gli occhi al trillo della sveglia e la spegneva immediatamente. Quasi sempre era il momento in cui la madre cominciava ad aggirarsi per casa. Riconosceva i suoi passi in cucina mentre trafficava con la tazza grande del caffè e il bollitore sul fuoco, che spegneva al primo accenno del fischio. La immaginava attraversare il salotto, affacciarsi in terrazzo. Vedeva il filo dei suoi pensieri con una consistenza di vapore che si disperdeva nell'aria mischiandosi al fumo del caffè. Ne percepiva la pesantezza, la ricorsività. Le dava i brividi.

Perché non riesco a ignorarla e basta?, pensava.

Ne era in grado, lo sapeva. In termini di forza era lei la piú dotata. Un animale robusto e veloce che avrebbe potuto spazzare via gli ostacoli con una zampata, oppure scattare in avanti sollevando una nuvola di polvere, e sparire alla vista. Ma non ci riusciva, e si disprezzava per questo.

Per la tensione scalciava via le lenzuola e si metteva in piedi troppo in fretta. Respirava forte, il tempo necessario a recuperare l'equilibrio, poi spalancava la porta.

Spesso le capitava di incrociare Emma che proprio allora rientrava dal terrazzo. Anche Matilde, come sua madre, aveva imparato presto a riconoscere il segno di una perturbazione, come se ogni volta fosse necessario un atto della volontà per ristabilire una connessione tra loro. Per Emma quello sforzo era un impaccio molesto, ma non gli attribuiva davvero importanza. Per Matilde invece era un intralcio che non riusciva a ignorare con leggerezza. Niente sarebbe stato meno conforme al suo carattere che fingere di ignorarlo.

3.

All'arrivo dell'estate, Emma e Fausto cominciarono a parlare di viaggi. Ma venne fuori un problema. Non c'era verso di ottenere ferie in contemporanea se non per pochissimi giorni intorno a ferragosto. Matilde come al solito sembrava disinteressata. Non partecipava alle discussioni, non faceva proposte e non manifestava entusiasmi.

Fausto temporeggiò, promise che avrebbe provato a insistere, ma la settimana successiva chiamò Emma dall'ufficio per dirle che non c'erano speranze. Stavano gestendo una commessa importante, il personale era ridotto all'osso. – A Natale andrà meglio, mi farò perdonare.

– Per me non è un problema. Non mi dispiace restare a casa a riposare. Ma Matilde?

– Si è già messa d'accordo con i suoi amici. Vanno all'Elba, credo.

Emma rimase un istante sospesa. Non ne sapeva nulla. Ormai le notizie le arrivavano solo da Fausto.

– E quando te l'avrebbe detto?

– La settimana scorsa, è colpa mia, ho dimenticato di parlartene. Secondo me è una buona idea. Sono gli stessi amici con cui è stata in montagna, li conosci anche tu.

Questa volta però non sarà per qualche giorno, pensò Emma.

Chiuse la telefonata senza aggiungere altro. La irritava che la sua approvazione fosse data per scontata.

Piú tardi, con Fausto, tornò sull'argomento, e come al solito lui prese le difese della figlia.

– Non possiamo tenerla qui tutta l'estate.

– Potrebbe andare dai miei, a Fregene.

L'idea era ridicola. Emma stessa la sentí stridere subito dopo averle dato voce. Matilde era quasi maggiorenne. Non c'era piú niente in lei della bambina che passa i mesi estivi con i nonni. Perfino per Emma un'estate con i suoi sarebbe stata un martirio. Ma non le veniva in mente un'alternativa che la facesse sentire tranquilla. Era comunque meglio che sapere Matilde in un posto sconosciuto dove lei e Fausto non avrebbero potuto raggiungerla.

Oltretutto non riusciva a discutere di niente con lei. Se provava ad affrontare il discorso direttamente Matilde tagliava corto.

– È l'isola d'Elba. Trecento chilometri da qui piú un traghetto. Non mi pare la Cina.

Fausto continuava a non capire, insistendo con i suoi bollettini assolati. – Non sei contenta? Vuol dire che cresce. Significa piú tempo per te.

Era vero. Ed era ragionevole. Emma aveva trascurato moltissime cose in quegli anni. La bambina era diventata la sua unica priorità. Doveva ammettere che l'idea di tornare a occuparsi di sé aveva un respiro esaltante. Perché quel distacco la spaventava tanto?

Quando era rimasta incinta, diciassette anni prima, le mancavano quattro esami alla laurea in Lettere e aveva appena cominciato a lavorare alla tesi in Storia dell'arte.

La gravidanza era stata un passo falso. Uno sbaglio compiuto con tanta leggerezza che ancora non riusciva a farlo quadrare con la sua biografia. E dopo la nascita di Matilde il futuro era una cosa con cui bisognava fare i conti in due. La bambina aveva avuto la precedenza su tutto.

Era piú importante degli esami che mancavano alla laurea, e piú importante dell'approvazione del relatore. Il primo e poi il secondo docente a cui si era rivolta avevano accettato la richiesta di tesi sulla base del curriculum, ma poi non avevano avuto nessuna comprensione per le scadenze che Emma non riusciva a rispettare, anche perché lei si vergognava a parlare della sua maternità. Usare la figlia le sembrava un modo vile per ottenere compiacenza. Aveva insistito a voler fare tutto con le sue forze, come una qualsiasi coetanea, ma erano passati i mesi e poi gli anni.

Alla fine l'ultimo relatore le aveva dato un aut aut. Il tono duro le aveva fatto capire che ormai pensava a lei come uno di quegli allievi molesti che si cerca di scoraggiare, sperando che vadano altrove. Quelli di cui si implica la malafede, l'appetito volgare per la scorciatoia. Emma non era cosí, e di fronte a quell'insinuazione aveva ceduto. «Posso rimandare», si era detta.

Però la vita non era diventata piú semplice, nemmeno quando Matilde aveva cominciato ad andare a scuola. Emma aveva trovato un lavoro che sulla carta sembrava di poco impegno. Un conoscente l'aveva segnalata a uno studio di commercialisti. Cercavano qualcuno in grado di occuparsi della rotazione del personale che cambiava spesso. All'inizio part time, poi era arrivata la proposta di passare a tempo pieno. Emma aveva accettato, anche perché l'alternativa sarebbe stata andarsene, e non poteva permetterselo.

Aveva rimandato ancora la tesi e gli ultimi esami provando a tenere insieme i due lembi della sua vita che si allontanavano in modo irreversibile, tenendo duro fino a quando l'idea di rimettersi a studiare non aveva iniziato ad apparirle come qualcosa che sta al lato opposto di un crepaccio. C'era voluto molto tempo per farsene una ragione. Alla fine si era rassegnata.

L'unica abitudine presa in quegli anni che aveva conservato era il piacere della fuga occasionale in un museo o in una chiesa che non confessava mai a nessuno. Nei momenti di malinconia, se ogni tanto le tornava in mente un particolare che aveva studiato o che amava – una tela, un affresco, un'immagine sacra – deviava il pensiero su Matilde che cresceva forte e sana. Si diceva che non era stato un sacrificio inutile, e non aveva mai smesso di crederci, nemmeno quando lei con il tempo aveva preso a diventare sempre piú fredda. Anche nella distanza Matilde continuava a dare un senso alla sua rinuncia.

Una sera in cui Matilde era stata particolarmente taciturna ed era tornata in camera sua subito dopo cena, Fausto fece a Emma una proposta mentre l'aiutava a sparecchiare. – Andiamo a trovare i tuoi a Fregene, una domenica a pranzo.

Agata e Filippo da quarant'anni partivano all'inizio di giugno per il mare e si fermavano fino alla prima decina di settembre.

Emma sorrise. – Perché?

– Perché non ne posso piú di vederti cosí angosciata. Parliamone a Matilde, e se accetta di restare con loro, la settimana dopo la riporto lí con la valigia.

– Adesso sei d'accordo anche tu?

– No. E non credo che funzionerà. Ha deciso che vuole andare con gli amici e non cambierà idea dopo una visita dai nonni. Ma almeno ci avremo provato. Se rifiuta però la lasci partire. Prometti.

Per una volta le sembrò che Fausto fosse dalla sua parte. Emma inspirò a fondo. Adesso che aveva un alleato, il pensiero andò ai suoi genitori. L'approvazione di Matilde non era l'unico problema. – E se i miei non se la sentono?

– Perché non dovrebbero? Hanno una stanza per gli ospiti e Matilde bada a sé stessa. Saranno contenti di averla intorno –. Poi ripeté ancora: – Ammesso che accetti.

Emma rimase appoggiata al lavello, asciugandosi le mani bagnate con un canovaccio, poi uscí sul terrazzo. L'aria era immobile. Cercò sollievo nel buon senso delle parole di Fausto. In fondo per lui la vita era un fenomeno semplice. Se esiste una via lineare per fare le cose, se un gesto d'affetto non ha costi emotivi esorbitanti e può essere d'aiuto, non c'è motivo per non metterlo in pratica. Emma invece sapeva che niente era piú lontano dai suoi genitori di quel genere di premura operosa. Forse diranno di sí, ma non saranno contenti di averla intorno, perché non sono contenti di nulla, mai.

– Cosa ci andiamo a fare? – domandò Matilde.

Emma piegava i panni che aveva appena ritirato dallo stendino e li impilava in una bacinella azzurra. Matilde, sdraiata sul divano, sfogliava un libro. – Vuoi una mano? – le chiese. Il tono era leggero, disinteressato.

– Non serve, ho quasi finito. Ci andiamo perché non li vediamo da Pasqua. Mi pare un buon motivo.

– Appunto, è quello lo standard. Due volte l'anno, Natale e Pasqua. Perché adesso dobbiamo fare questa cosa d'estate? Nemmeno mi ricordo di averli mai visti in estate.

– Non mi piace sentirti parlare cosí. Sono i miei genitori.

Matilde lasciò cadere il libro sul petto con un gesto imperioso. Infilò le mani dietro la testa e si mise a osservare il soffitto. Poi, sottovoce, disse: – I tuoi genitori. Che tu ami moltissimo.

Emma, che stava osservando in controluce una camicia bianca con un alone all'altezza del petto, abbassò le braccia e arrossí. – Mi pare un commento maligno.

Matilde si tirò su a sedere. – Quindi sbaglio?

Lei buttò la camicia in cima al mucchio di biancheria. – Forse no, – rispose stizzita. – Le famiglie non sono necessariamente amabili. Non vuol dire che siano inutili, o che debbano essere ignorate. E neppure che si possa fingere che non facciano parte della nostra vita.

– Lo so. Il dovere prima di tutto.

– Stiamo solo andando a pranzo da loro. È possibile evitare di farne un affare di stato?

– Figurati –. Matilde si alzò in piedi con slancio. – Non vedo l'ora.

Ma poi inaspettatamente, con disarmata leggerezza, le si avvicinò. – Per me va bene. Non ho programmi per domenica, – e le sfilò la bacinella dalle mani. – La porto io di là. Vai a riposare, è tutto il giorno che ti sbatti , – e senza aggiungere altro uscí dalla stanza.

Due giorni dopo, alle undici di mattina, erano in viaggio.

Matilde si era svegliata di buon umore. Emma, che aveva temuto il suo muso, si era dovuta ricredere. Non era andata cosí. Anzi, era stata lei a proporre di prendere un cappuccino fuori prima di partire, e la piccola cerimonia al bar era stata allegra.

Anche in macchina, seduta dietro, non si era mai del tutto appartata malgrado gli auricolari. Ogni tanto diceva qualcosa a voce alta senza rendersi conto che stava urlando, e Fausto le rispondeva. Lei si sfilava gli auricolari tirando forte i cavetti con le mani e si metteva a chiacchierare con lui.

Il viaggio era andato liscio, poco traffico sull'Aurelia. Il cielo era cupo, saldato da nubi grigie e compatte che si muovevano veloci oltre la linea del mare. Secondo le previsioni nel corso della giornata avrebbe dovuto schiarire, ma non era comunque un tempo che invogliasse ad allontanarsi dalla città.

Arrivarono poco prima dell'una.

I genitori di Emma abitavano in un villino piuttosto piccolo, meno di cento metri quadri, con un giardino grande appena il doppio, a poca distanza dalla pineta e dalle spiagge che si potevano raggiungere in dieci minuti. La casa si trovava all'interno di un comprensorio che conteneva una cinquantina di villette anonime e tutte uguali. L'ingresso era presidiato da un guardiano. Una sbarra bianca e rossa si sollevava solo dopo che l'ospite in arrivo si era fatto riconoscere. Era questo ad aver colpito suo padre quando era venuto a visitare il cantiere quarant'anni prima. Non l'aveva mai detto espressamente, ma Emma lo conosceva bene, ed era certa che le cose fossero andate cosí. L'idea della segregazione. Di un dentro che implica un privilegio, e un fuori che definisce una condizione di estraneità. Emma aveva passato lí tutte le sue vacanze fino a quando non si era sposata.

Superarono il cancello della villetta e parcheggiarono nel piccolo spiazzo cementato, accanto alla Volvo dei suoi.

Emma scese portandosi dietro la teglia di lasagne che non aveva fatto in tempo a preparare a casa, ancora avvolta nella carta della rosticceria. Una fortuna che sua madre non fosse maniaca della cucina.

Incamminandosi verso l'ingresso ancora chiuso – eppure avevano suonato al citofono, strano che nessuno aprisse la porta – Emma allungò una mano per sfilare via gli auricolari dalle orecchie di Matilde, che camminava assorta davanti a lei. Matilde si girò senza fare resistenza. Aveva uno sguardo opaco, distratto.

Poi la nonna finalmente aprí. Non sorrideva.

– Non vi aspettavo cosí presto. Siete sempre in ritardo.

Indossava una tunica lunga fino ai piedi. Ne aveva a decine negli armadi di Fregene e non le portava mai a Roma alla fine dell'estate. Alcune le lasciavano scoperte le spalle, altre, come quella che indossava, avevano maniche a tre quarti. Niente che non potesse mettersi anche in città. E tuttavia Agata le giudicava inadatte a qualsiasi luogo diverso da quello. Le accompagnava sempre con gioielli etnici vistosi. Conchiglie, cuoio, ottone, avorio vegetale. Oppure pietre semplici. Quarzo, turchese. «Cose che stanno bene solo sull'abbronzatura, – diceva. – A Roma sarebbero pacchiane».

Porse la guancia a turno per farsi baciare. Aveva lo stesso profumo di sempre, un sentore di sapone neutro quasi impercettibile.

– Papà? – chiese Emma.

Una domanda inutile. Filippo Giordani aspettava in salotto, accanto alla veranda, con le finestre aperte che affacciavano sul giardino. Non si alzava mai ad accogliere gli ospiti.

Agata fece un cenno della mano per invitarli a procedere.

Attraversarono il breve corridoio entrando in salotto. Gli scuri come sempre erano accostati per non far entrare il caldo.

Filippo sedeva in poltrona con il busto appoggiato all'indietro. Aspettò che varcassero la soglia e solo allora si alzò rimanendo in piedi senza muoversi.

Con la coda dell'occhio Emma osservò Matilde, accanto a lei. Le tornarono in mente le parole che le aveva detto qualche giorno prima, «i tuoi genitori, che tu ami moltissimo». In quella casa sembravano assumere una sorta di consistenza materiale, come se potessero prendere forma nell'aria in lettere di fumo.

Non li amo, certo, pensò Emma. Oppure li amo e li temo. Ma c'è bisogno di dirlo a voce alta? Sono quello che ho. Quello che mi è toccato. Un adulto deve saper accettare.

– Ti trovo bene, – disse andando incontro al padre.

Era vero. Dritto, massiccio, pieno di energia. Filippo sarebbe potuto facilmente passare per il genitore ideale, il patriarca giusto ed equanime. La persona adatta a contenere l'esuberanza di Matilde.

Emma aveva parlato con i suoi al telefono qualche giorno prima. Come immaginava non avevano manifestato nessun particolare entusiasmo all'idea di tenere la nipote per qualche tempo, ma neppure si erano tirati indietro, che era già tanto. Di piú non avrebbe potuto ottenere in ogni caso. Ora si trattava di convincere Matilde.

Agata si avvicinò con una bottiglia in mano per versare del vino nei bicchieri sulla tavola apparecchiata.

– Hai già fatto da sola? – chiese Emma, avvicinandosi. – Potevo darti una mano.

– Preferisco di no. Mentre bevete scaldo le lasagne. Se volete mangiare qualcosa ci sono delle olive.

– Davvero non posso fare niente?

– Non serve, – rispose Agata. E si allontanò verso la cucina.

Emma la seguí con lo sguardo. Era dimagrita. Forse leggermente rimpicciolita. La tunica le ondeggiava intorno alle anche come un ombrellone chiuso su un palo, senza accompagnare il movimento del corpo, che sembrava non avere piú spessore. Anche il passo aveva perso il suo ritmo. A differenza di Filippo, qualcosa in lei denunciava l'inizio di una contrazione d'energia.

Mangiarono presi da chiacchiere superficiali. Nessuna informazione davvero importante, nessuna risata. Niente che non scivolasse sulla superficie delle cose. Suo padre a tavola non parlava mai, del resto era taciturno anche altrove, e Agata faceva domande brevi, secche e circostanziate, a cui quasi sempre si poteva rispondere con un sí o con un no. Matilde parlò poco. Forse anche lei risentiva dell'atmosfera di potenza e ordine del posto. Piú Emma la guardava e piú le saltava agli occhi che non aveva niente a che fare con quella casa.

Poi il pranzo si avviò alla conclusione, senza che Emma riuscisse a introdurre l'argomento che le interessava. Una vampata di calore le salí alla testa. La domanda le uscí di colpo ad alta voce: – Che ne dici di restare qui qualche settimana?

Matilde, che stava bevendo il caffè, appoggiò la tazzina sul tavolo. Emma si rese conto di aver interrotto la conversazione. Da quanto tempo aveva perso il filo? Ricordò che un attimo prima Fausto stava dicendo qualcosa a proposito di un cantiere che aveva visitato di recente.

La guardarono tutti. Emma si alzò continuando a parlare mentre impilava i piatti. – Scusate, ero sovrappensiero.

– Dicevi a me? – fece Matilde.

Emma sollevò la testa. – Sí, certo. Perché no?

– Prima di tutto dovresti chiedere a loro, – rispose Matilde indicando i nonni. – Magari hanno altri piani.

Agata e Filippo non dissero una parola. Anche Fausto sembrava in imbarazzo.

– Avevo già accennato qualcosa al telefono. Credo non abbiano niente in contrario.

Filippo intrecciò le mani davanti a sé. Agata fece spallucce. – Se a te fa piacere.

Matilde si alzò ignorando la domanda. – Ti aiuto a sparecchiare –. Agata allungò una mano in un gesto imperioso. – Preferirei di no. Mi urta dover sistemare una cucina piena di stoviglie sporche appoggiate in giro a casaccio. Preferisco portarle io, che so dove metterle. Metti giú i bicchieri, per favore. Sono delicati. Vai a farti un giro in spiaggia.

Matilde appoggiò tutto sul tavolo, con gesti misurati. – Che bella idea. Magari faccio un bagno.

– Abbiamo appena finito di mangiare, – disse Emma, inquieta.

– La accompagno io, se serve a farti stare tranquilla, – sussurrò Fausto.

Matilde uscí dalla stanza, afferrò la borsa in veranda e si incamminò verso la spiaggia. Fausto si mosse piú lentamente dietro di lei.

– Vado a riposare, – disse suo padre avviandosi verso la poltrona dove sedeva dopo pranzo. Si lasciò andare pesantemente appoggiando la testa all'indietro. In un attimo era già altrove, lontano da lí.

Agata invece nel pomeriggio non dormiva mai. Passò davanti a Emma diverse volte per sparecchiare, mentre lei rimaneva in piedi accanto al tavolo. Poi si chiuse in cucina. Emma la sentiva trafficare. Il rumore delle stoviglie le arrivava con un carico argentino di rimprovero.

Si rimise a sedere. Nemmeno lí l'ascoltava nessuno.

Un'ora dopo Fausto rientrò da solo. Emma non si era mossa dalla sala da pranzo.

– Sta prendendo il sole. Ho pensato che se vuoi parlarle questo è il momento giusto.

– Avresti potuto parlarci tu, – sussurrò lei. – Tanto piú che ti ascolta, a differenza di quanto fa con me. Non hai visto come è scappata appena ha capito perché l'abbiamo portata qui?

Fausto le sedette accanto, le prese la mano. – Sono dalla tua parte, Emma, ma faccio fatica. Non ci vedo niente di male a lasciarla partire. Ha diciassette anni ed è una ragazza con la testa sulle spalle. Non vuole stare qui.

– Perché, ti ha detto qualcosa?

– Nemmeno una parola. E io non ho chiesto. Ma è chiaro che non le interessa, e francamente la capisco. L'atmosfera non è allegra.

Emma tirò via la mano. – Magari le hai espresso la tua solidarietà…

Si alzò di scatto e la sedia strusciò sul pavimento con un rumore stridente. Agata si affacciò nel corridoio con un canovaccio in mano. Anche Filippo si agitò sulla poltrona passandosi una mano sugli occhi.

Siamo di troppo, pensò Emma. Nemmeno mezza giornata e già non vedono l'ora di averci fuori dai piedi.

Uscí e si diresse a passi veloci verso la spiaggia. Non sapeva cosa dire, ma doveva tentare.

Era uscito il sole, le nuvole gonfie del mattino si erano disperse. L'aria era calda e secca, e in spiaggia c'era movimento. Un paio di famiglie, un gruppo di ragazze della stessa età di Matilde, e qualche bagnante solitario, steso al sole, a distanza.

Emma individuò Matilde, la raggiunse. Era sdraiata su un telo. Il corpo era asciutto, ma il costume era ancora umido e appesantito. Aveva infilato la testa sotto un cappello di paglia e non la vide arrivare. Emma la osservò con calma. Il seno ormai era quello pieno di una donna adulta, i fianchi invece conservavano un richiamo geometrico e un'asciuttezza da efebo. Il suo corpo era ancora un campo di battaglia con una demarcazione visibile tra passato e futuro. Una creatura in transito tra due età, che non si lasciava piú tenere per mano.

Emma sedette accanto a lei sulla sabbia. Non sapeva da dove cominciare.

La figlia sentí un fruscio. Allontanò il cappello e aprí gli occhi schermando il sole con la mano. La riconobbe e tornò a chiuderli quasi subito. Non si rimise il cappello, però.

Emma attese, sperando che le rivolgesse la parola. Matilde non emise un fiato. Immobile, come fosse sola.

– Non vuoi nemmeno pensarci? – chiese Emma, alla fine. – Non dico che siano amichevoli. Però non si immischiano. Ti lasciano in pace. Li vedresti solo a pranzo e a cena.

Matilde si sollevò sui gomiti fissando il mare davanti a sé. Poi disse a voce bassa: – Pensavo sarebbe stata una domenica per noi. Senza impegno.

– Ma lo è.

– Non è vero. È sempre la stessa cosa. Una mascherata perché le cose vadano a modo tuo.

– Non mi pare di chiederti un grosso sacrificio.

– Grosso o piccolo non cambia niente, l'importante è che sia una rinuncia e che nessuno abbia quello che vuole. Se siamo tutti infelici, allora per te vuol dire che è giusto –. Si tirò su bruscamente. Raccolse l'asciugamano e lo scosse.

Emma alzò il braccio d'istinto per non farsi investire dalla sabbia.

– Io qui non ci resto, – aggiunse Matilde, infilando il telo nella sacca. – Piuttosto rimango a Roma tutta l'estate. Oppure in una catacomba , – e si rimise in cammino verso casa.

Non ci fu nessun modo di convincerla. L'unica soluzione sarebbe stata imporsi con un atto di forza, ma le conseguenze erano imprevedibili. E cosí Emma finí per dare ascolto a Fausto.

Lasciò che Matilde andasse in vacanza dove voleva, mettendo solo qualche paletto perché non dimenticasse che aveva ancora una famiglia.

Chiamate regolari, ogni sera, indicazioni precise sugli spostamenti. Con chi sei. Dove sei, quanto ti fermi, quando torni. Una cantilena. Matilde metteva su un sorriso sbilenco, come se si trattasse di compiacere una poveretta, una donna instabile, ma almeno non replicava.

Partí zaino in spalla e rimase fuori a fasi alterne quasi due mesi, tornando una volta ogni tanto per una lavatrice. Non volle soldi. Spiegò che andava ospite e che per il resto se la sarebbe cavata con quello che aveva messo da parte durante l'inverno, portando a spasso i cani del palazzo o servendo ai tavolini di un bar. Emma era sicura che si trattasse di una cifra ridicola con cui non avrebbe potuto affrontare nessuna emergenza. Insistette perché si portasse dietro almeno una prepagata.

– Se succede qualcosa fai una telefonata e possiamo caricare dei soldi, – le disse porgendole la carta postale. Matilde non allungò nemmeno il braccio. Fausto si mise in mezzo togliendo la carta dalle mani della moglie e posandola sul palmo di Matilde. Poi le chiuse il pugno delicatamente intorno al rettangolo di plastica giallo.

– Se non ti serve non la usi. E noi siamo piú tranquilli.

Matilde tenne la carta. Se ne andò e rispettò le consegne, anche se non proprio in modo impeccabile.

L'estate trascorse, la scuola riprese. Il quarto liceo.

4.

Anni prima, mentre aspettava Matilde – una gravidanza che era stata placida e senza scosse, come se tutto quello che poteva andare male fosse destinato a concentrarsi nel momento del parto – Emma e Fausto avevano parlato a lungo della verità.

Fausto non era il padre biologico di Matilde e lei aveva il diritto di saperlo, su questo nessuno dei due aveva mai avuto la minima perplessità. Gliel'avrebbero raccontato non appena avesse avuto l'età per capire. Ma non potevano sapere in anticipo quando sarebbe stato.

Erano tornati sull'argomento qualche volta, mentre la bambina cresceva. Il suo carattere offriva pochi appigli. Era difficile individuare un punto di accesso per un segreto di quella portata, e impossibile immaginare come l'avrebbe presa.

Poi però, quando Matilde aveva tredici anni, Emma si rese conto che qualcosa di sostanziale stava cambiando. Matilde aveva preso a cercare sempre piú spesso la compagnia di Fausto, accantonando il suo mutismo, ma solo per lui.

A volte Emma tornava a casa tardi e non era raro che li sorprendesse insieme a preparare qualcosa per cena. Aprendo la porta di casa sentiva le loro voci a distanza. Si fermava sulla soglia per esserne sicura, e non c'erano dubbi. Matilde parlava senza che Fausto dovesse incalzarla. Spesso ridevano, e quando Emma si affacciava nella stanza la diversità delle reazioni saltava agli occhi. Calava una cortina. Fausto si avvicinava per baciarla, mentre Matilde rispondeva al saluto e poi rientrava nel guscio. E per il resto della serata parlava pochissimo.

Un giorno – Matilde frequentava la terza media – la segretaria della scuola la chiamò in ufficio. La ragazza stava bene, Emma non doveva preoccuparsi, ma il preside aveva bisogno di parlarle.

– Cos'è successo?

– Niente di grave. Ma è il caso che lei o suo marito facciate un salto. Meglio ancora se tutti e due.

Emma aveva telefonato a Fausto che però era fuori sede, in cantiere per un sopralluogo. Anche al cellulare risultava irraggiungibile. Non le era rimasto altro che chiedere un permesso e correre a scuola.

Arrivò poco dopo l'una. La segretaria le chiese di attendere un minuto in corridoio.

– Mia figlia dov'è?

– In classe. Non si preoccupi, – e le indicò una fila di sedie rosse, appena fuori dalla porta.

Emma sedette.

Il corridoio era deserto. Nel silenzio riconobbe chiaramente la voce altissima del preside chiuso nel suo ufficio. Urlava talmente forte che sembrava dovesse lanciare un allarme di evacuazione. Una sorta di latrato, una logorrea a cascata senza interruzioni. C'era qualcuno dietro la porta chiusa insieme a lui? Chiunque fosse doveva essere annichilito, perché non si sentivano repliche, nemmeno con un tono di voce piú civile. Ma forse stava solo parlando al telefono.

Pregò che quell'ostilità non avesse a che fare con lei. O con Matilde. O con il motivo per cui era stata convocata.

Appoggiò la testa al muro e chiuse gli occhi. Un minuto dopo qualcuno le scosse leggermente la spalla.

– Ma hanno chiamato anche te?

Emma impiegò un paio di secondi per riconoscere la donna che aveva di fronte. Una vaga conoscenza, la madre di Camilla, una compagna di Matilde. Non ricordava neppure il suo nome. Forse Paola.

– Sai qualcosa? – insisté l'altra.

Emma si alzò. – Mi hanno detto solo che non c'è motivo di preoccuparsi. Non sapevo nemmeno che fosse coinvolta anche Camilla.

La donna sollevò lo sguardo verso l'alto. Un gesto teatrale, da vergine indignata. Si avvicinò a lei per baciarle una guancia. Emma si irrigidí e frenò l'istinto che l'avrebbe spinta a mettere le mani avanti. Non le piaceva essere colta alla sprovvista.

La donna sedette di fronte a lei stringendo forte i manici della borsa con entrambe le mani. Le poche volte in cui Emma l'aveva incontrata era sempre stata cosí. Molto elegante, molto nervosa e, in condizioni diverse da quella – senza minacce o allarmi incombenti –, educata e socievole. Noiosa, forse. Ma non era colpa sua.

La porta del preside si aprí e l'uomo comparve sulla soglia. Un ometto stempiato, con un paio di baffi sottili, all'apparenza del tutto innocuo. Nessuna traccia di ostilità nel modo in cui porse loro la mano. Sorrideva. Non sembrava neppure lo stesso che fino a un attimo prima stava urlando al telefono.

– Chiedo scusa per l'attesa, – disse. – Prego –. Ma lui non entrò. Attraversò invece il corridoio e si affacciò alla porta della segreteria.

– Montanari e Rovello, le chiami per favore? Terza D.

Poi le raggiunse in ufficio. Girò intorno alla scrivania e rimase un attimo in piedi con le braccia ben piantate sul tavolo. Alle spalle aveva una monumentale sedia imbottita color verde scuro, con qualche strappo non troppo vistoso. Un cascame di alta amministrazione riciclato da qualche ufficio ministeriale per cui doveva essere stato pensato almeno cinquant'anni prima, e che era ridicolo in quella stanza con una sola finestra e una scrivania sommersa di faldoni.

– Prima che arrivino le ragazze premetto una cosa, – disse sedendosi. – Sono alunne ideali. Educate, studiose, integrate e senza alcun problema relazionale manifesto.

Emma ebbe un leggero sussulto. Era il riflesso speculare di quello che anche lei avrebbe potuto dire di sua figlia. Educata, studiosa, senza alcun problema relazionale *manifesto*. Il lato visibile di Matilde obbediva alla legge dell'ordine e giustificava tutte le sue azioni. Eppure, anche se Emma non riusciva a scorgere nulla oltre la superficie, a volte percepiva una sensazione di instabilità e calore, di magma che premeva, una deriva dei continenti a misura di bambina, che, in profondità, sgretolava e ricomponeva continuamente l'assetto interno di Matilde.

Ma erano solo intuizioni, impossibili da verificare. Matilde non l'avrebbe permesso. Anche allora difendeva il diritto al riserbo sulla sua natura, e lo pagava con l'irreprensibilità.

– Il conflitto però è una dimensione preadolescenziale difficile da controllare, – continuò il preside. – Soprattutto a scuola. E in questo caso, data l'età, si tratta di un sintomo precoce –. Accompagnò la frase con uno sguardo al di sopra degli occhiali.

La madre di Camilla si sporse sulla sedia, ancora agganciata alla borsa come a un salvagente.

– Lei cosí mi agita di piú. Che vuol dire?

Emma intuí la sterzata verso l'isteria. Le mise una mano sul braccio per calmarla.

Il preside fece oscillare la testa come una bambolina a molla. Da una parte sembrava voler sdrammatizzare e dall'altra pareva ben deciso a non lasciar correre.

– Facciamole spiegare fra loro.

Emma ebbe un sospetto. Eppure Matilde e Camilla erano sempre andate d'accordo.

Bussarono alla porta. Si affacciò la segretaria: – Le ragazze sono qui.

Entrò per prima Camilla. Matilde subito dietro di lei attraversò la soglia quieta, con un sorriso accennato sulle labbra. Appena si accorse della presenza di Emma, però, cambiò postura. Sollevò le spalle e contrasse lo sterno.

Camilla fece il percorso inverso. Entrò nell'ufficio del preside con uno sguardo sfrontato, pronta a menare le mani o almeno a farlo credere. Ma le bastò vedere la madre per sciogliersi in un moto di abbandono. La vulnerabilità le distese il viso e le restituí all'istante l'impaccio di bambina. Si buttò fra le sue braccia che si aprirono ad accoglierla.

Matilde ed Emma invece rimasero a guardarsi dai lati opposti della stanza, sorprese nello stesso modo da quella fusione spontanea. Era tale la distanza tra il cameratismo del loro scarno lessico familiare e quell'alleanza incondizionata, da farle sentire fuori luogo come due aliene.

Emma vide Matilde esitare, in bilico sul da farsi, forse tentata di imitare Camilla, e si irrigidí involontariamente. In quel contesto un abbraccio sarebbe stato un gesto assolutorio e inappropriato. Specie in quel momento, quando ancora non sapeva com'erano andate le cose.

Matilde fece un passo indietro, rimanendo sulla soglia, poi si avvicinò alla madre. Si fermò dritta a fianco della sua sedia, appoggiando una mano sullo schienale.

Nel frattempo Camilla si era sciolta dall'abbraccio e aveva ripreso la sua espressione bellicosa.

Il preside intrecciò le mani. – Allora, chi vuole iniziare?

Silenzio.

– Camilla?

Emma avvertiva il respiro corto di Matilde in piedi al suo fianco.

– Va bene, – continuò il preside, – cerchiamo di rendere le cose piú facili. Comincio io, e voi mi dite se è andata cosí, va bene? – Attese che entrambe le ragazze dessero un cenno e riprese. – Sembra che Camilla e Matilde stamattina abbiano litigato in modo piuttosto violento. Abbiamo dovuto dividerle.

Emma si girò verso Matilde. Il braccio che appoggiava allo schienale della sedia era attraversato in diagonale da un lungo graffio rosso.

La madre di Camilla si rivolse alla figlia e le passò una mano tra i capelli. – Cos'è successo?

Camilla fissò il pavimento. – Matilde mi ha rubato una cosa, – disse sottovoce. E allungò il polso. Indossava un orologino in plastica rosa, con quattro minuscole pietre colorate ai punti cardinali. Il genere di oggetto senza valore che si trova nelle uova di Pasqua. Lo mostrò a tutti, come fosse una prova a carico. Poi ritirò il braccio e scostò la frangetta scoprendo un piccolo ematoma arrossato che partiva dalla fronte e arrivava appena sopra l'arco delle sopracciglia.

La madre si avvicinò al viso di Camilla e osservò attentamente, piú sorpresa che preoccupata. Emma percepí la trama di solidarietà che le aveva unite fino a un attimo prima sfilacciarsi e ricomporsi altrove. Emma e Matilde ora erano il nemico, e andavano tenute fuori.

Ma ancora non sapeva cos'era davvero successo. Si rivolse a Matilde. – Perché? – chiese indicando Camilla. Matilde tacque.

Il preside la incalzò. – Per favore, vorremmo conoscere la tua versione.

Matilde scosse lentamente la testa da sinistra a destra. Un mezzo giro, a bocca serrata, netto e pulito come un diapason.

Emma si agitò sulla sedia. La situazione le sembrava terribile e il suo istinto non le era di nessun aiuto. Le pareva che in qualche modo Matilde avesse bisogno di un alleato, ma trovava tutto inverosimile. E la tormentava un pensiero. Se davvero Matilde avesse aggredito Camilla? Emma aveva una precisa consapevolezza della sua forza. Anche se non l'aveva mai vista davvero perdere la calma, potenzialmente Matilde era priva di contenimento.

– Credo che dovresti scusarti, – le disse. E intanto guardava il lungo graffio che le attraversava il braccio.

Matilde la fissò. Una vampata, la brace di un focolaio su cui qualcuno soffia dall'interno. Emma tenne il punto. – Matilde, per favore.

Lei distolse lo sguardo e attraversò la stanza diretta verso la porta. Prima di passare la soglia, senza voltarsi, posò una mano sullo stipite. – Ti aspetto in corridoio, – disse. E uscí chiudendosi la porta alle spalle.

Sulla strada di casa il traffico era un inferno.

Emma guidava nervosa. Ogni tanto l'occhio le cadeva sullo zaino blu che Matilde aveva in mezzo ai piedi e che sobbalzava quando l'auto prendeva una buca.

Percorrevano il Lungotevere. Era uscito il sole, e la luce filtrava attraverso l'acqua del fiume investendola di un'aura quasi lattiginosa.

Emma tentò la carta della confidenza.

– Siete amiche da tanto tempo, tu e Camilla.

Matilde sollevò un sopracciglio. Un gesto adulto che Emma non le aveva mai visto fare. C'era del cinismo in quel tic muscolare, piuttosto inconsueto per una ragazzina di quell'età.

– Non siamo amiche. *Tu* credi che siamo amiche.

– La conosci da sempre. Quante volte è venuta a casa nostra? Quante volte sei andata tu da lei?

– Io non ti ho mai chiesto di invitarla, e nemmeno lei. Forse sua madre l'ha chiesto a te, e tu hai detto sí.

A Emma venne da ridere. Era già pronta a smentirla con delicatezza. – Mi prendi in giro.

Matilde guardò fuori. – Non è mai venuta quest'anno. E nemmeno l'anno scorso. Non mi piace Camilla. Sono poche le persone che mi piacciono, e tu nemmeno le conosci.

C'era una tale perentorietà nella sua affermazione che sembrava commentasse dati inconfutabili estraendoli da una tabella a righe e colonne. Emma si concentrò con piú attenzione. E scoprí che forse quel che diceva era vero. Recentemente non si erano viste poi tanto spesso. Ma questo cosa cambiava?

– Va bene. Non deve piacerti per forza –. Abbassò la voce cercando le parole con cura, non voleva vederla scattare di nuovo. – Non è comunque un buon motivo per alzare le mani.

Matilde non rispose, Emma sospirò. Non la preoccupava davvero il fatto che avesse preso una nota disciplinare, o che avesse aggredito una compagna per prenderle un orologio da quattro soldi. Piuttosto che non sentisse il bisogno di discolparsi, almeno ai suoi occhi. Che avesse l'impudenza dell'adulto che si sottrae al giudizio. Poi qualcosa nel volto di Matilde si ammorbidí. Un'eco di docilità. – Credi questo? – le chiese. – Che ho rubato?

– Non lo so. Tu non hai detto niente, cosa devo pensare?

– Non sono una che ruba.

– Allora perché non hai parlato?

– Perché loro avevano già deciso e perché non me importa niente. Io non sono una spia –. Si voltò con la testa verso il finestrino aperto.

– Va bene, per oggi lasciamo perdere.

Fecero ancora un lungo tratto senza parlare nel traffico intermittente.

A Emma non faceva che tornare in mente un unico fotogramma: Camilla che entrava nella stanza e scivolava tra le braccia di sua madre.

Poi Matilde fece un sospiro profondo. – È stata lei a rubarlo, – disse piano.

– Che cosa, l'orologio? E a chi?

– Non importa, tanto non la conosci. Una ragazzina nuova, viene da un'altra scuola. La prendono in giro, anche se non dà fastidio a nessuno e sta per i fatti suoi.

– Ha un nome, questa ragazzina?

– Non mi credi?

– Ma sí. Volevo capire meglio. E sei sicura che non la conosca?

– Ti ho detto di no.

– Perché ha chiesto aiuto a te? Non poteva parlarne con un professore?

– Non ha chiesto aiuto a nessuno. Non è capace di parlare.

– Che problema ha?

– Non sa difendersi.

Adesso Matilde osservava sua madre con attenzione. Emma sentiva che la stava testando.

Vide di nuovo il pericolo, il rischio implicito nella forza di Matilde, il suo moto assoluto privo di misura.

– Anche se volevi aiutarla avresti dovuto parlarne con un adulto. Non puoi picchiare una persona perché non sei d'accordo con quello che fa.

– Non ho cominciato io. Ho solo detto a Camilla di restituirlo.

– Allora perché non l'hai raccontato al preside?

– Te l'ho già spiegato, perché non sono una spia –. Nessun tentennamento. Nessuna esitazione. Emma pensò che il rischio dell'autocombustione era enorme.

– Non importa, non dovevi comunque alzare le mani per nessuna ragione.

Erano quasi arrivate a casa. Una macchina uscí dal parcheggio a pochi metri dal portone, una fortuna insperata. Emma la lasciò sfilare via e parcheggiò in retromarcia al suo posto. Spense il motore. Si girò di nuovo verso Matilde. – Mi hai capito? Non voglio che tu faccia una cosa del genere mai piú.

Matilde non rispose. Aveva il mento appoggiato al petto, il labbro inferiore vibrava leggermente. Emma fiutò le lacrime. L'istinto della tenerezza la sommerse, ma si trattenne.

– Perché? – chiese Matilde.

– Perché è sbagliato.

Lei scosse la testa. C'era una tale delusione nei suoi occhi, un senso di abbandono cosí sconsolato e definitivo, che Emma provò pena per lei.

– Sbagliato è quando sei forte abbastanza per aiutare qualcuno, e non lo fai, – disse. Poi afferrò lo zaino e scese dalla macchina.

– Dove vai? – le chiese Emma, preoccupata. – Aspettami, saliamo insieme.

Ma Matilde non si fermò. Guardò con cura a destra e a sinistra e attraversò la strada. All'ingresso del palazzo spinse la maniglia di ottone con entrambe le mani ed entrò. Il portone si richiuse alle sue spalle con un fracasso di metallo.

Nei giorni successivi Emma e Matilde si rivolsero a malapena la parola. Emma rimase sulle sue per qualche tempo fino a quando, nell'intercapedine che si era venuta a creare all'interno di quella frattura, non cominciò a realizzare che mentre il silenzio fra loro aumentava Matilde aveva preso l'abitudine di rivolgersi a Fausto sempre piú spesso. Iniziava addirittura a interessarsi alle piante. Imparava i nomi latini, si faceva spiegare il ciclo delle rotazioni, le caratteristiche delle infiorescenze.

Un giorno, rientrando a casa alle sei, Emma li trovò insieme in terrazzo. In ginocchio, chini su un vaso a interrare un bulbo, con le teste vicinissime che si sfioravano. Percepí fisicamente di essere tagliata fuori da quel cerchio. La prese il terrore che l'intimità fra loro potesse saturare tutto lo spazio. Immaginò Matilde riservare solo a Fausto quel nucleo che con lei aveva sempre protetto, e la visione le sembrò insopportabile.

La sera stessa aspettò che Matilde si addormentasse e tornò in cucina.

– Dobbiamo parlarle. Il momento è questo.

Fausto, seduto a tavola, sfogliava il giornale. – Parlarle di cosa?

– Lo sai. Deve sapere che non sei suo padre. Anche perché ti conosco, potrebbe uscirti di bocca un giorno in cui siete soli. Sarebbe un errore. Dobbiamo dirglielo insieme.

– Non sono d'accordo, è troppo piccola. E ti pare il genere di cosa che potrei dirle involontariamente?

– Non ti preoccupa quello che è successo a scuola?

– Può darsi. Ma non vedo la relazione tra le due cose.

– Allora te la spiego io. È forte, Fausto. Determinata. Quante ragazzine di quell'età conosci capaci di farsi sospendere per aver picchiato una compagna e ignorato una richiesta del preside senza una parola di scusa? Adesso abbiamo un'autorità su di lei. Non sappiamo come la prenderà, ma qualsiasi reazione abbia, siamo ancora in grado di gestirla. Tra due o tre anni potrebbe essere troppo tardi.

Fausto era perplesso. Ma piú lui si ritraeva, piú Emma si ostinava a sentirla come una necessità che aveva il diritto di rivendicare. – Non abbiamo mai fissato un'età precisa. A me pare che capisca tutto perfettamente. Lo sai anche tu che è piú matura della sua età.

Andarono avanti a discutere tutta la sera, fino al momento di mettersi a letto, e alla fine Fausto dovette cedere. Non era convinto, però conosceva il passato di Emma. Scelse di essere solidale con lei, ma si sentí come un teppista che devasta un giardino pieno di germogli appena spuntati.

Portarono fuori Matilde un sabato pomeriggio. Al cinema, poi a prendere un gelato. La veranda era piena di gente, c'era confusione. Aspettarono di ordinare per non essere interrotti, e il cameriere li fece aspettare dieci minuti prima di farsi vedere.

L'atmosfera non era allegra. Adesso che era arrivato il momento di parlare, quel segreto sembrava a Emma un'enorme scatola inchiodata. Una cosa che non si poteva aprire né spostare.

Si guardò intorno, forse non era il posto giusto, ma ormai era troppo tardi per pensare a un'alternativa.

Fu Matilde, senza volere, a offrire un appiglio. O forse captò l'oscillazione disarmonica dei suoi.

– Il papà di Claudia se n'è andato, – disse.

Emma e Fausto si fecero attenti.

– Claudia chi? La tua compagna di banco?

Arrivò il cameriere con la coppa di gelato per Matilde. Lei gli sorrise e prese a girare il cucchiaino per mischiare i due gusti, come faceva sempre.

– Andato dove?

– Non lo so. Ha detto a Claudia che sta fuori per un po', e che non deve preoccuparsi. Ma lei dice che forse non è vero.

Fausto sfiorò la spalla di Emma e lei avvertí il richiamo. Faceva un ultimo tentativo per chiederle di ripensarci. Lo ignorò, e si scostò appena allungando il braccio per prendere il caffè che il cameriere le porgeva.

Non c'era nessun motivo per rimandare ancora.

Prese fiato e si preparò, cercando di richiamare con la massima chiarezza possibile l'immagine del vero padre di Matilde. Il padre biologico. Era da giorni che rifletteva sul modo migliore per parlarne. Ormai era un ricordo diluito, irrecuperabile anche solo come immagine stinta. L'aveva frequentato per una settimana. Non aveva contato granché, né ricordava di aver provato per lui niente di diverso da un'attrazione feroce. Un ragazzo biondo, quasi esangue ma sicuro di sé, appena scurito dall'abbronzatura, e con l'indole del rivoluzionario. Parlava pochissimo, con frasi aggressive e dirette. Però l'aveva guardata con un desiderio sfacciato che mai nessuno, prima o dopo, si era piú permesso di esercitare su di lei. Matilde per fortuna non gli somigliava affatto, o almeno non fisicamente.

Emma bevve il caffè. Esitò. La sua decisione si consumava. Un attimo prima era convinta, e ora di nuovo aveva dei dubbi. Ma come avrebbe potuto essere sicura di qualcosa con Matilde, la figlia ermetica e senza accessi?

Mise giú la tazzina vuota e per prima cosa la tranquillizzò con delicatezza. – Il padre di Claudia ha ragione. L'amore non dipende dai cambiamenti. Certe cose accadono e non si possono impedire, anche quando sono tristi. L'importante è essere sinceri e dirsi sempre la verità. Anzi, anche io vorrei parlarti –. Guardò verso Fausto per includerlo. – Tutti e due vorremmo farlo.

Matilde posò il cucchiaino.

– C'è una storia che riguarda il mio passato, e anche il tuo.

Matilde annuí, l'espressione incuriosita.

– Qualcosa che mi è successo parecchi anni fa. Ero giovane, avevo un'età in cui è facile sbagliare.

– Cosa hai sbagliato?

Emma le si avvicinò. Non aveva il coraggio di toccarla. – Oggi non la penso piú in questo modo, e sono felice che le cose siano andate cosí. Allora credevo di essermi innamorata di un ragazzo che conoscevo poco.

Matilde sorrise. – Un fidanzato? Non era papà il tuo fidanzato?

– Non ancora, è stato prima che ci conoscessimo.

– Era carino?

– Molto, – e si fermò, guardandosi le mani che si forzava a tenere sul tavolo per non gesticolare. – Non avevo programmato di avere un bambino con lui, era troppo presto –. Prese fiato. – Però è successo lo stesso.

Matilde spalancò gli occhi. – Un bambino?

– Sí.

– E dov'è ora? – chiese Matilde. Sembrava avere piú curiosità che paura.

– Ne ho avuto uno solo, è qui. Sei tu.

Matilde si girò di scatto verso Fausto come se quello che aveva appena sentito potesse far evaporare suo padre in una nuvola di fumo. Allungò un braccio verso di lui toccandogli la spalla. – Papà? – disse, poi si alzò dalla sedia avvicinandosi a lui. Fausto allargò le braccia per accoglierla. – Sono qui.

Emma represse una fitta di gelosia. – Questo è tuo padre, – sussurrò. – Questo, che è vicino a te. Perché lui ha scelto di rimanere con me, mentre quel ragazzo è scomparso quando gli ho detto di essere incinta. Vedi che non uso nemmeno la parola padre per lui, perché non è mai stato un vero padre. È solo una persona a cui credevo di volere bene. Mi sbagliavo.

Fausto mise una mano dietro la nuca di Matilde e la attirò delicatamente verso di sé posandole un bacio sulla fronte. – Sono qui.

Matilde si sciolse con calma dalla presa di lui, per guardarlo in faccia. – Allora non ho capito. Sei tu o no?

– Sono io, certo.

Matilde andava con gli occhi dall'uno all'altra.

– Sono io, – riprese Fausto. – Però all'inizio con la mamma c'era un altro uomo, che è andato via. Allora sono arrivato io. E ci sarò sempre, perché voglio stare con te.

Matilde tornò a sedere composta. Teneva gli occhi bassi e non parlava. Emma e Fausto non la disturbarono, rispettando il suo silenzio. Poi rialzò il viso. – Come Francesca, che è stata adottata?

– Quasi come Francesca, sí, – disse Fausto. – La mamma e il papà di Francesca non potevano occuparsi di lei, e allora è andata a stare con un'altra famiglia. Con te è andata piú o meno cosí.

– E lui dov'è ora?

– Non lo so, amore, – intervenne Emma.

– Lo devo vedere?

– Certo che no.

– Non voglio.

– Non lo vedrai. Ma se vuoi saperne di piú, puoi chiedere in qualsiasi momento.

– No, – rispose Matilde secca e acuminata. – Non mi

interessa –. E strinse il pugno intorno al manico del cucchiaino.

Emma emise un sospiro di sollievo. Non aveva avuto piú notizie di quell'uomo, né avrebbe potuto rintracciarlo. Veniva da Milano e portava un cognome piuttosto comune. In passato Emma aveva fatto qualche tentativo senza arrivare a nulla. Si erano conosciuti in una località di montagna dove ciascuno dei due capitava per la prima volta, non avevano amicizie comuni, e si erano frequentati per pochissimi giorni. Lui le aveva lasciato solo il recapito di una casella postale. Si era appena laureato, stava partendo per un anno sabbatico in Sudamerica, o almeno cosí diceva. Emma gli aveva creduto? Ormai non poteva dirlo. Dopo essere tornata a casa gli aveva spedito due lettere e lui non aveva mai risposto, nemmeno la prima volta. E la prima volta era stata innocua, perché Emma ancora non aveva idea di essere incinta. Gli aveva mandato un pacco di foto scattate in quei giorni insieme, in montagna, che aveva fatto stampare subito dopo il rientro a casa pagando un supplemento per avere la certezza dello sviluppo in giornata. Sapeva che lui stava partendo e voleva a tutti i costi che avesse quelle foto con sé durante il viaggio.

La seconda lettera, imbucata un mese dopo, era stata di tenore molto diverso. Aveva capito che poteva fare a meno di lui negli stessi giorni in cui aveva scoperto di essere incinta. Il ricordo cominciava a scolorire eppure le aveva lasciato una traccia incancellabile. Qualcosa per cui Emma non avrebbe mai piú potuto dimenticarlo. Gli aveva scritto per dovere, perché le sarebbe sembrato egoista tenere la notizia solo per sé, in un certo senso forse perfino per mettere nero su bianco quell'evidenza enorme che si avviava a diventare la cesura definitiva nella sua vita – e lo sarebbe stata sempre, lo sapeva, qualunque decisione avesse preso riguardo al bambino. Era certa che lui non si sarebbe fatto vivo, e fu esattamente ciò che accadde.

Si riscosse e tornò in sé. Afferrò la mano di Matilde, che era tiepida e abbandonata come un piccolo animale ferito sul ciglio di una strada. Matilde la lasciò fra le sue, senza rispondere alla stretta. – Andiamo via? – chiese.

– Certo. Ma se ti vengono dei dubbi vieni a parlare con me –. Respirò. Si corresse: – Con noi. Tutte le volte che vuoi. Prometti?

Matilde rispose di sí. Tornarono a casa in silenzio.

Quella sera Fausto, sdraiato sulla schiena, le sfiorò la spalla.

Emma percepiva il contorno affilato del suo dolore, il senso di colpa per aver colpito al cuore Matilde. Lo attirò a sé e lo tenne vicino per qualche minuto, la testa appoggiata sul seno. Si vergognava, e al tempo stesso era consapevole di un'impressione vivida di potenza. Adesso tutti sappiamo la verità. L'ordine delle cose è ristabilito.

Fausto accettò l'abbraccio, prima con circospezione, poi abbandonando ogni resistenza. Sollevò la testa baciandola dietro un orecchio. Emma lo lasciò fare.

Poi però lui prese ad accarezzarle la coscia, e la pressione non aveva piú niente di cedevole o indifeso. Emma lo respinse bruscamente e scivolò dalla sua parte del letto dandogli le spalle. La sola idea del sesso in quel momento le ripugnava. Fausto si bloccò come se non sapesse cosa fare. Non era raro che Emma si sottraesse, ma mai in quel modo. Respirava forte nel buio come una persona in fuga. – Che succede? – chiese lui.

Emma non rispose. Non aveva nessuna spiegazione ragionevole da offrire. Sapeva solo che il sesso l'avrebbe esposta. Farfugliò una scusa che lasciò Fausto umiliato e si rifugiò nell'immobilità fingendo di dormire.

Nelle settimane successive Matilde cominciò a farle delle domande. Prima timide, apparentemente occasionali, poi sempre piú frequenti. La freddezza che era seguita all'episodio della sospensione a scuola sembrava superata.

Matilde prese l'abitudine di darle una mano mentre Emma si occupava della casa. Era chiaro che cercava l'occasione di tornare sull'argomento. Emma la assecondava, covando una gioia segreta. Non l'aveva mai sentita cosí attenta e vicina.

– Mi assomigliava?

– Non molto. Aveva i capelli chiarissimi, e i tuoi sono scuri. Anche la pelle era chiara, di quelle che non si abbronzano mai.

– Ti faceva ridere?

– Mi faceva pensare, era molto intelligente. Diceva cose estreme, che non mi era capitato di sentire spesso prima di lui.

E nemmeno dopo, pensava, in imbarazzo per la propria ingenuità. Da allora in poi si era tenuta distante da quella forma di provocazione che riconosceva subito per quel che era: una forma chiassosa di retorica. Questo però non lo disse mai a Matilde. Non voleva che a parlare fosse la donna adulta che era diventata. Cercò di essere onesta, e di restituirle l'entusiasmo della ragazza che era stata.

Le curiosità di Matilde crebbero di intensità e durarono diversi mesi. Poi, lentamente, si spensero.

Matilde tornò ad aiutare Fausto con le sue piante, e si allontanò di nuovo dalla madre. A lui cominciò a fare domande a raggio piú ampio, passando dalle piante alle cose, dalle cose alle idee e da queste al mondo, quasi avesse necessità di costruirsi una cosmogonia personale attraverso le parole del padre. Con Emma invece continuò a fare domande precise che riguardavano il padre biologico, curiosità puntuali che non implicavano intimità. Presa alla sprovvista da interrogatori improvvisi, Emma si sentiva una fonte, mai una confidente, e dopo un paio d'anni Matilde smise del tutto anche quel genere di contatto.

Le cose tornarono come prima. Emma sentiva Fausto e Matilde ridere insieme, ma solo quando lei era in un'altra stanza. Si fermava sulla soglia, tentando di cogliere al volo qualche parola. Tratteneva il fiato e il cuore si intorpidiva. Percepiva da lontano l'ampiezza della cavità che li conteneva entrambi.

Alla fine dovette rassegnarsi e accettare il fatto compiuto. Non solo la distanza biologica non li aveva allontanati, ma aveva finito per agevolare l'intimità, spingendo la loro relazione verso il confine dell'amicizia. Ogni volta che Emma cercava di forzarlo e si avvicinava sperando di essere inclusa, la temperatura dell'aria si raffreddava. Fausto la accoglieva, ma Matilde scivolava via.

Era caduta in una trappola, come se Matilde e Fausto l'avessero portata sul limitare di una buca nascosta da rami e foglie e poi buttata giú dandole una spinta alle spalle. Ma nessuno l'aveva obbligata ad arrivare fino a lí, aveva fatto tutto da sola. C'era cascata. Era stata un'idiota.

5.

L'inverno del quarto liceo segnò una tregua. Matilde arrivò alla fine dell'anno scolastico quasi quieta, forse persino piú defilata del solito, ma meno astiosa. Qualche volta partiva durante i fine settimana con alcune compagne di scuola. Avevano amici a Milano, Bologna, Napoli, e lasciavano sempre un indirizzo.

All'arrivo della primavera Emma cominciò a sentirsi piú rilassata. Forse il peggio era passato.

Una mattina, nel palazzo che ospitava il suo ufficio, che era al piano terra di uno stabile elegante in via Sicilia, si ruppe un tubo condominiale. Poco prima delle nove, quando tutti gli impiegati erano arrivati al lavoro, in sala riunioni cominciò a colare acqua. Alle dieci ormai pioveva dall'alto anche sul mezzanino e lungo i muri delle scale. I pompieri dovettero forzare la porta di un appartamento deserto al primo piano. Trascorsero altre due ore senza interventi risolutivi e alla fine, intorno a mezzogiorno, il dirigente autorizzò gli impiegati che stazionavano in terrazzo, nell'atrio o al bar di fronte a tornarsene a casa. L'elettricità era stata la prima cosa che avevano staccato nello stabile, non c'era nulla che potessero fare.

Emma si trovò in via Barberini senza sapere con precisione cosa fare di quel tempo regalato che non si aspettava. Chiudersi in casa sarebbe stato inutile. La temperatura era mite, l'umidità quasi inesistente e tutto si amalgamava in una luce che riusciva nel miracolo di smorzare il ringhio del traffico e del caos.

Si sentiva felice, e prese una decisione d'istinto. Si fece mettere un panino in un sacchetto e risalí via Veneto fino a Porta Pinciana. Da lí entrò a Villa Borghese e poi, appena incrociata via dell'Aranciera, abbandonò il traffico alle sue spalle per infilarsi in mezzo al verde, proseguendo a passo lento fino al Giardino del Lago.

Puntava una panchina che conosceva bene. Isolata, di fronte al tempietto di Esculapio. La raggiunse e si mise a sedere.

Era sempre sorpresa dall'effetto benefico del verde su di lei, le sembrava immeritato riceverne tanto in cambio quando non era capace di prendersi cura nemmeno del piú resistente organismo vegetale. Il contrario di Fausto, che dedicava alle piante quasi tutto il tempo libero ma non aveva mai avuto nessun gusto per la contemplazione.

Allargò le spalle per respirare a fondo e si abbandonò contro lo schienale. Sentiva sotto di sé la panchina scorticata e calda di sole.

Malgrado le condizioni perfette, intorno non c'era quasi nessuno. Poco piú in là una madre e una figlia sedevano una accanto all'altra.

La madre, una donna giovane con i capelli neri, lunghi e appena scapigliati, teneva in mano un libro. La ragazzina invece aveva una testa di ricci scuri e intricati che le arrivavano alle spalle, e leggeva un albo a fumetti. Non parlavano ma erano molto vicine. C'era tra loro una prossimità che sarebbe stata impensabile senza armonia. Emma guardava le loro braccia sfiorarsi, e anche a distanza avvertiva il soffio della grazia.

Poi la madre si interruppe nella lettura rivolgendosi alla bambina. La figlia annuí e si alzò, la madre mise via il libro cercando intorno qualcosa con gli occhi.

Un cane di taglia media girovagava a cerchi concentrici accanto alla panchina senza mai allontanarsi davvero. La donna lo richiamò. Era un animale asimmetrico e buffo, con due orecchie enormi dritte come antenne e talmente sproporzionate che, visto da dietro, seduto sulle zampe posteriori, sembrava un coniglio, facile da spaventare ma prontissimo al gioco. Tuffava il muso nelle foglie ammucchiate e poi si ritraeva nervoso. Al richiamo della donna trottò verso di loro e si incamminarono tutti e tre. La madre e la figlia molto vicine, che si sfioravano a ogni movimento, il cane che continuava a correre avanti e indietro e qualche volta si infilava tra loro per la smania del contatto. Le due si allontanavano quel tanto che serviva a lasciarlo passare, e subito dopo si avvicinavano di nuovo attratte l'una dall'altra come nel moto lento di una risacca.

Emma con Matilde non riusciva a ricordare niente di simile. Rievocò sequenze di immagini, frammenti sconnessi, tutti impregnati di una diversa forma di sacrificio e distanza. Il suo sacrificio. La distanza di Matilde.

Una folata di vento dissipò tutto. Le montò una rabbia calda che le rese incandescenti le punte delle dita.

Si alzò scuotendo via le briciole dalla gonna e mettendosi in moto per la lunga passeggiata che aveva in mente di fare fino a Campo Marzio. Evitò il rettifilo principale della villa percorso dalle macchine e sbucò a piazzale Flaminio percorrendo le gallerie verdi dei sentieri laterali.

Si ritrovò in mezzo alle auto dopo il lungo percorso silenzioso protetto dal rumore e dal caldo, e si affrettò a raggiungere l'arco di Porta Flaminia che tagliava fuori il caos, depositando i pedoni sulla distesa immensa di piazza del Popolo.

Solo a quel punto rallentò, tagliando in diagonale fino ad affondare all'ombra dei palazzi di via di Ripetta. Proseguí per una ventina di minuti. Di fronte a Sant'Agostino rallentò, tentata di entrare.

Era in cerca di Caravaggio. Conosceva ogni stazione del pittore all'interno delle chiese di Roma, e Sant'Agostino era imprescindibile. Ma ferma davanti alla facciata limpida si rese conto che non aveva bisogno di quella tela, non la *Madonna dei Pellegrini*, che pure amava moltissimo. La metteva a disagio l'idea di una maternità beatificata.

Riprese a camminare. Qualche minuto dopo arrivò di fronte a San Luigi dei Francesi. Entrò.

Un gruppo di turisti occupava in piedi la navata centrale e gran parte delle panche di legno. Un brusio irritante intaccava il silenzio. Ma ebbe fortuna. La visita stava per concludersi. Un paio di minuti dopo si raggrupparono tutti intorno a una donna minuta con i capelli corti, che faceva ampi cenni per richiamarli, e sciamarono fuori dalla chiesa lasciandola quasi deserta.

Emma rimase ferma in fondo alla navata. Quando anche gli ultimi ritardatari furono usciti la percorse per intero e si avvicinò alla ringhiera della cappella Contarelli. Era al buio. Il lucernario a tempo doveva essere scaduto.

Pescò un euro in fondo alla tasca e lo infilò nella fessura. I fari puntati sulle tele accesero le venature delle cornici in marmo, dando corpo alle immagini.

Emma si girò verso sinistra. La *Vocazione*.

Conosceva bene le tre tele del ciclo di San Matteo ma la *Vocazione* chiamava il suo nome a voce piú alta. Piú di tutti i dipinti di Caravaggio, e piú di qualsiasi altra Vocazione avesse mai visto.

Cristo è rigido, appuntito. Un viso al tempo stesso languido come quello di un malfattore levantino e severo come un'icona, ma denso nel buio, tridimensionale e fatto di carne, i tendini allungati a spianare i muscoli del collo per esporre il punto tenero della giugulare, quasi un anticipo di martirio o un invito a colpire. La mano tesa, sostenuta dalla luce radente, convoca Matteo escludendo il resto del mondo e dice «vieni».

Molto tempo prima Emma aveva scelto quel quadro per la sua tesi. Una decisione presa d'istinto la prima volta in cui da ragazzina era entrata nella chiesa quasi per sbaglio, e non se l'era piú tolto dalla testa. Era la sua tela, la visione in cui si riconosceva.

Posò di nuovo gli occhi sul Cristo e fu sorpresa da un guizzo. Le parve di sentire qualcosa che andava oltre la memoria del suo fallimento, una vertigine tenue che le rimescolava lo stomaco.

Si spaventò, poi si mise a scrutare le figure delle tele oscillando dall'una all'altra per individuare l'origine di quell'inciampo. Le pareva che un dettaglio specifico attirasse la sua attenzione. Ma cos'era? La luce della cappella si spense ancora.

Con impazienza si mise in cerca di una moneta nelle tasche senza trovarne. Frugando in fondo alla borsa ne saltò fuori una che infilò subito nella fessura, e la luce tornò a irrompere dall'alto. Di nuovo le parve di scorgere un movimento. Era moltissimo tempo che non avvertiva piú quel tipo di fremito, la vibrazione di una potenzialità. Si concentrò di nuovo sulla tela.

Cristo, teso e perentorio. Al lato opposto Matteo, seduto al tavolo a contare i denari, che è l'immagine dello stolto. Gli occhi acquosi e il gesto goffo di chi pensa a uno scambio di persona. Emma si incarnò nella sua incredulità.

Per un momento vide la scena animarsi. Sentí Matteo esitare. Dici a me, che sono l'ultimo dei poveri di spirito? Cristo tace, ma non abbassa la mano.

Non c'è niente che Lui sappia di te che tu non conosca da sempre, pensò Emma. Dio non è colui che risponde. Dio è colui che rimuove gli ostacoli che impediscono di riconoscere la misura della verità.

Si avviò verso casa in uno stato di letizia immotivata, senza nessuna voglia di pensare alla cena. Alle sette e mezzo, girando la chiave nella toppa, aprí la porta e trovò Matilde e Fausto seduti in salotto, l'uno di fronte all'altra. La porta finestra del terrazzo era spalancata, la luce principale spenta. Solo due lampade a stelo diffondevano un vago chiarore. Non le era mai capitato di trovarli in silenzio a quell'ora, seduti distanti, a fissarsi.

– Che succede? – chiese.

Fausto si tolse gli occhiali. – Dice che ci deve parlare, – indicò Matilde.

Ma c'era anche dell'altro, Emma lo vedeva alla luce scarsa della lampada. Matilde, con il busto piegato in avanti e i gomiti sulle ginocchia, era elettrica. Nessuna traccia della risolutezza abituale. Dimostrava la sua età, una volta tanto. Una ragazzina che forse ha bisogno di un consiglio.

– Siediti, – disse Fausto invitando Emma a occupare il posto accanto al suo. Emma ignorò il richiamo e si appoggiò invece in bilico sul bracciolo, come per essere pronta a fare un balzo in avanti.

– Cosa c'è? – chiese ancora.

Fausto le appoggiò una mano sulla coscia.

– Allora?

Matilde andò a sedersi accanto a Fausto, che le mise un braccio intorno alle spalle. Emma si sentí prendere dall'irritazione.

– Ci sono anch'io qui dentro, – disse, trattenendosi a stento. – Volevi parlare con tutti e due, no? Altrimenti avresti già detto a lui, come sempre, approfittando della mia assenza. Puoi usarmi la cortesia di considerare anche me?

Fausto e Matilde si girarono simultaneamente a guardarla, accentuando la sua estraneità. Riuscivano a farla sentire respinta anche quando formalmente facevano l'atto di includerla.

Matilde sembrava sempre piú un randagio spaventato.

– Non c'è un modo giusto per dirlo, quindi lo dico e basta. Poi domani parliamo di tutto. Adesso però non mi fate domande. Va bene?

La tensione di Emma divenne piú solida e fredda. Ma pareva non ci fosse verso di far parlare sua figlia. Annuí.

– Sono incinta.

A Emma, senza alcuna connessione logica, balenò in mente il quadro che aveva visto nel pomeriggio, e il fremito che aveva avvertito di fronte alla *Vocazione*. Che allora le era sembrato un auspicio. E invece forse era il presagio di qualcosa di piú estremo.

Fausto, seduto tra Emma e Matilde, lasciò scivolare via il braccio dalle spalle della figlia per potersi girare e guardarla negli occhi. Anche lui era senza parole.

Matilde si alzò in piedi di scatto, i palmi delle mani a stropicciarsi gli occhi. – Adesso vado in camera mia. Capisco che siete sconvolti, e che se ne deve parlare. È grave. Ho fatto una cazzata, lo so, e non me lo spiego, ma questa non è una scusa –. Si passò le mani sulla testa come volesse strapparsi i capelli tirandoli via, incredula, disorientata. – Ora però ho bisogno di restare sola. Vi chiedo una notte. Per favore.

Emma non riusciva a pensare. Piú comprendeva l'urgenza di focalizzarsi su quello che aveva appena ascoltato, piú le sembrava di essere trascinata lontano. Continuava a vedere il Cristo che chiama. Chiama me. La mia vocazione. Era questo che aveva pensato di fronte al quadro. E ciò che aveva davanti invece era solo Matilde che si impossessava di tutto un'altra volta, come diciotto anni prima. Vedeva il suo sconcerto, la richiesta di aiuto, ma non riusciva a prendere le distanze dall'agitazione torbida che le risucchiava tutta l'energia.

Non era in grado di rispondere. Anche Fausto apriva e chiudeva la bocca senza suono. Fu Matilde a tagliare corto.

Si mosse verso la sua stanza.

Di fronte a quel gesto inaudito Emma si riscosse. – Dove vai? – disse. – Come ti viene in mente di andartene? – gridò.

Matilde si fermò.

– Per favore, – disse Fausto. – Non puoi andartene cosí. Aiutaci a capire.

– Non ci riesco adesso, davvero –. Matilde, le spalle sempre piú curve, era irriconoscibile. – Sono giorni che non penso ad altro. Ve l'ho detto, datemi una notte. Domattina parliamo di quello che volete. Ho bisogno di stare sola.

Fausto piegò la testa, sopraffatto.

«Vigliacco», pensò Emma, guardandolo. «Ecco cosa ha prodotto la tua pelosa solidarietà». – Torna indietro immediatamente, – disse rivolta alla figlia. – Non esci da qui finché non mi hai spiegato tutto. Ma ti rendi conto?

Lei esitò con la mano sulla maniglia della porta. Per un momento sembrò subire il contraccolpo delle urla di sua madre, ma non si mosse.

– Torna qui! – disse Emma.

Matilde si girò verso di loro, apparentemente soggiogata dal richiamo. Emma perse il lume della ragione. Si avventò su di lei con l'intenzione di strattonarla, obbligarla a rimettersi a sedere, a rispondere alle domande.

Ma Fausto si frappose tirandola indietro. Matilde li guardava attonita.

Emma si divincolò. – Cosa fai? Lasciami!

– Non serve a niente. Ha chiesto una notte. È sconvolta.

Emma lo guardò fuori di sé. – Lo capisci che è per questo che siamo arrivati fino a qui? Perché hai sempre accettato tutto e hai costretto me a fare lo stesso. Lasciami stare!

Fausto non mollò la presa. Matilde, senza aggiungere una parola, aprí la porta della sua stanza e scivolò dentro.

Emma perse il controllo. Prese a colpire Fausto. – Non è tua figlia, cazzo! Non venirmi a dire cosa devo fare con lei! – Poi provò a entrare in camera di Matilde. La porta però era chiusa a chiave. Batté furiosamente i pugni contro il pannello. – Aprimi! Matilde, aprimi!

Lei non rispose. E non aprí. Emma continuò a bussare fino a sentirsi ridicola. Nessuno reagiva alla sua tirata. Fausto era tornato a sedere sul divano e Matilde non emetteva un fiato.

Si vide da fuori, un'isterica che picchia contro un pannello di legno e a cui nessuno dà ascolto. Una dissennata a cui la famiglia permette di sfogarsi come si fa con i pazzi, controllandola da lontano per accertarsi che non faccia del male a sé o agli altri.

Corse in camera e si buttò sul letto, sommersa dall'impotenza. Si lasciò andare a un pianto desolato, violentissimo e senza speranza. Sentí Fausto entrare in camera. Rifiutò qualsiasi contatto con lui puntandogli contro la schiena come un muro. Non rispose alle sue domande fino a quando lui non si rassegnò e smise di fargliene. Intorno alle quattro gli occhi le si chiusero per mezz'ora, ma si risvegliò quasi subito.

Si voltò con prudenza. Fausto era sdraiato accanto a lei. Dormiva a pancia in su ancora vestito, la gamba che sporgeva appoggiata al pavimento.

La porta della camera da letto era chiusa ed Emma vedeva filtrare una luce dal corridoio. Si alzò e andò in salotto. Non c'era nessuno, tutto era rimasto esattamente come l'avevano lasciato. Le lampade a stelo erano ancora accese. Le spense, poi sedette sul divano e aspettò che facesse giorno.

La mattina successiva era sabato. Matilde uscí dalla sua stanza intorno alle dieci. Entrando in cucina sorprese Emma e Fausto in piedi accanto al lavello a parlare sottovoce. Si zittirono immediatamente.

Avrebbe dovuto alzarsi alle sette ed essere a scuola, ma la situazione era cosí surreale che a nessuno venne in mente di rimproverarla per quell'inezia. Aprí il coperchio della moka per controllare che ci fosse ancora del caffè e se ne versò una tazzina.

Emma la osservò con attenzione. Era tornata quella di sempre, nessuna traccia delle esitazioni della sera prima. Nella pausa che le avevano concesso si era ricaricata in potenza. Era di nuovo Matilde in armi, quella che pensava di saperla piú lunga di tutti. Emma non avrebbe mai dovuto cederle uno spazio di recupero, ma non era colpa sua. Era stato Fausto a lasciarla andare.

Guardò il marito con odio, lui aveva occhi solo per la figlia.

– Non cambia niente, – disse Matilde, sedendosi.

– Di cosa parli?

– Il bambino non cambia le cose. Non voglio smettere di studiare, se è di questo che avete paura.

Emma provò uno slancio struggente di affetto. Le balenò davanti agli occhi la vastità di cose che Matilde ignorava, grande come un ghiacciaio. Non sapeva nulla. Non aveva idea.

– Questo è un argomento di cui discuteremo poi. La prima cosa che voglio sapere è se sei sicura. Avrai fatto un test di gravidanza da farmacia, immagino. Possono sbagliare.

Matilde la fissò in tralice, con sufficienza. Era una domanda che Emma sapeva di dover fare, cosí come sapeva che era superflua, e che mai Matilde si sarebbe sognata di condividere la notizia con loro se non fosse stata assolutamente certa di non avere vie di fuga.

Emma sospirò. – Va bene, allora. Chi è il padre?

– È inutile.

– Cosa significa?

– Che non sarebbe d'aiuto. E per ora non voglio che lo sappia.

Emma chiuse gli occhi per la disperazione. Dunque bisognava combattere metro per metro, una mischia di trincea.

– Questo, lascialo decidere a noi.

– No. L'unica cosa che potete decidere voi è se volete aiutarmi oppure no. Per il resto faccio da sola.

Emma le diede le spalle per togliersela da davanti agli occhi, appoggiando le mani sul lavello. Ma anche cosí non faceva che vederla: il viso con gli zigomi larghi che si affilavano sul mento, gli occhi scurissimi dall'iride metallica sotto la frangetta.

Quindi è questo l'individuo egoista che ho cresciuto, pensò. Quello per cui continuo a pagare. Quello che imputa sempre tutti i costi a me.

6.

Nell'ambulatorio c'era un brusio costante di sottofondo. Una decina di donne sedevano lungo il perimetro della sala aspettando di essere chiamate. Tre o quattro di loro erano chiaramente incinte, ma forse ce n'erano altre. Donne che portavano in sé una cellula fecondata ancora invisibile, come Matilde.

Emma guardava la figlia di sottecchi. Era seduta accanto a lei, assonnata e quasi serena. Un'immagine che sembrava inconciliabile con quella di una madre. Era cosí giovane. Una ragazza responsabile, figlia di genitori attenti, che era stata sempre informata di tutto ed era consapevole dei rischi. Nulla a che vedere con la ragazzina pavida e piagnucolosa che era stata lei vent'anni prima. O almeno cosí credeva Emma. Eppure anche Matilde era caduta nella stessa trappola.

Non erano passati nemmeno due anni da quando l'aveva accompagnata in quello studio dalla ginecologa la prima volta. A ripensarci adesso le cose fra loro a quel tempo non andavano ancora cosí male. Emma aveva proposto la visita per puro scrupolo, non ce n'era nessun reale bisogno, a parte quello di cominciare a familiarizzare con una buona abitudine.

Matilde aveva accettato senza protestare ma una sola volta, la prima. Qualcosa doveva essere andato storto, anche se la dottoressa era una donna minuta e gentile che parlava a bassa voce ed era attenta ad ascoltare. Per le visite successive aveva chiesto un consiglio a un'amica e aveva trovato un altro dottore, maschio.

– Guarda che con un uomo è molto piú sgradevole. Mi spieghi cos'ha la Serrano che non va?

– Niente, ma preferirei cambiare. È necessario avere un buon motivo, a parte sentirsi a proprio agio? Costa anche meno.

– Non è questione di soldi. Sto cercando di aiutarti.

Ne avevano discusso per giorni finché Matilde aveva ceduto. – Va bene, torno da lei. Basta che prendiamo appuntamenti separati, almeno questo si può fare?

Emma distolse lo sguardo. Inutile perdere tempo a rivangare conflitti irrilevanti. Quando due giorni prima aveva detto a Matilde che era il caso di tornare dalla dottoressa lei non aveva fatto storie. Ormai tutta la sua resistenza si concentrava intorno a due soli punti fermi: continuare a tacere sul padre del bambino, e proseguire gli studi. Per uno strano paradosso sembrava che la sua condizione le avesse chiarito definitivamente le idee sul futuro, come se il futuro e la gravidanza non fossero due concetti in antitesi. Un cortocircuito di fronte a cui Matilde era cieca, e che precipitava Emma nello sconforto.

Matilde aveva spiegato tutto a suo padre, come al solito, e Fausto l'aveva accennato a Emma.

– Vuole studiare Ingegneria biomedica. Credo si sia appassionata all'idea di lavorare allo sviluppo di certi software. Non chiedermi come è possibile, non ne ho idea. Pensavo fosse piú cerebrale, ha un talento per la matematica pura. Non immaginavo che le sarebbe venuta in mente una cosa cosí concreta.

In controluce, nel modo quasi distratto con cui Fausto cercava di dissimularlo, Emma vedeva l'orgoglio scintillare nell'umidità del suo sguardo. Matilde aveva scelto di diventare un ingegnere come lui. Fausto sorrideva, all'apparenza inconsapevole che quel traguardo, che sarebbe stato ambizioso per chiunque, anche per una ragazza determinata come Matilde, stava al di là della voragine di senso della gravidanza. Per entrambi il bambino sembrava essere solo una modesta pietra d'inciampo, integrabile con qualche piccolo aggiustamento di percorso.

Quello che soprattutto preoccupava Emma era che Matilde si rifiutava di discutere anche della decisione finale, che aveva il potere di cambiare tutto, in un modo o nell'altro.

– Non voglio parlarne ora, ho tempo per decidere, – rispondeva ogni volta che Emma provava a portarla sull'argomento dell'interruzione di gravidanza. E non c'era modo di farla tornare sulla questione.

All'uscita dell'ambulatorio Matilde aveva in mano un fascio di prescrizioni: emocromo, sideremia, transferrina, glicemia, urinocoltura, test infettivologici, Ast-Alt, toxotest e poi Beta Hcg e test di translucenza. Si mise a sfogliarle in macchina, seduta accanto a Emma che guidava. Per ogni termine tecnico cercava informazioni sul cellulare, come fossero compiti per casa.

Nell'abitacolo c'era un silenzio penoso. Emma avrebbe voluto che Matilde le facesse qualche domanda, e invece continuava a cercare sul cellulare, isolata, senza prestarle attenzione.

Gettando uno sguardo sul display, mentre aspettavano a un semaforo rosso, a Emma parve di riconoscere il layout della posta elettronica. Scriveva a qualcuno di ciò che le stava accadendo? Si rivolgeva ad altri e non a sua madre?

La luce passò al verde. Emma premette con troppa forza sull'acceleratore. La macchina ebbe un singulto e Matilde cadde in avanti ancorandosi con entrambe le mani al cruscotto. Il cellulare e i fogli delle analisi finirono a terra. Si girò verso di lei, ostile.

– Scusa, – disse Emma. Ripartí.

La vedeva con la coda dell'occhio, sembrava assurdamente giovane. Emma non riusciva a mantenere costante la consapevolezza del suo stato. L'idea che fosse incinta era cosí inverosimile da scivolarle via dalla coscienza a tratti. Ogni momento era costretta a ricordare a sé stessa la verità.

La dottoressa Serrano era stata molto professionale. Era venuta a chiamarle affacciandosi in sala d'attesa e le aveva salutate con educazione. Qualche domanda di rito sull'ultima visita di Matilde che aveva registrato sulla scheda in archivio. Aveva una certa età, preferiva la carta al computer.

Seduta di fronte a lei dall'altro lato della scrivania Emma aveva avuto un attimo di imbarazzo quando si era resa conto di dover chiarire subito che non si trattava di un normale controllo.

Matilde, che non delegava mai, aveva alzato la testa. Era pronta a parlare.

Emma si era sentita gelare. C'erano situazioni in cui la superficie dell'ostinata fermezza di Matilde si faceva trasparente e tutto diventava perfettamente visibile all'interno. Il nucleo radiante della sua determinazione disinteressata alle conseguenze. Ancora un istante e avrebbe fatto il suo annuncio senza alcuna esitazione, perché niente la metteva mai in difficoltà. Emma aveva immaginato il sudario del biasimo che sarebbe caduto su di lei, e su di loro. Allora si era sporta in avanti, quasi uno scatto sulla linea del traguardo, sovrapponendo la sua voce a quella di Matilde.

– Non è una visita di controllo, in effetti. Non del solito tipo.

La dottoressa sollevò la testa dal foglio, guardando prima l'una, poi l'altra. – Problemi particolari?

Emma si agitò sulla sedia. Matilde la guardava freddamente. Sembrava dire: hai voluto parlare tu, adesso sbrigatela da sola.

A Emma uscí di bocca un'espressione stantia. – Matilde è in attesa, – disse.

In attesa. Una perifrasi ridicola e obsoleta, che forse avrebbe potuto usare sua madre che aveva settantacinque anni. La parola precisa era: incinta.

Prima della gravidanza, semmai, Matilde era stata in attesa. Di diventare adulta, di essere completa, di avere un'esistenza da vivere. Adesso l'unica cosa che le restava da attendere era il modo migliore di gestire l'emergenza.

Qualche giorno dopo Emma tornò a casa verso le sette. Fausto le aveva mandato un messaggio dicendo che non sarebbe rientrato prima di un'ora.

Era stata una giornata pesante, aggravata da un sogno che aveva fatto nella notte. Aveva visto davanti a sé la porta chiusa della stanza di Matilde. Dall'interno proveniva un rumore stridulo e ripetuto. Un grido d'aiuto appena sussurrato, come da qualcuno che stesse esaurendo le forze. Poi il pannello di legno si era disfatto in un flusso di materia e dall'altro lato Emma aveva visto Matilde distesa a terra. Tendeva le braccia. Nel sogno Emma si avventava contro il varco lasciato dalla porta ma senza riuscire ad attraversarlo. Matilde all'interno rimpiccioliva e sbiadiva, fino a trasformarsi in un ologramma che si dissolveva, un'immagine digitale risucchiata da uno schermo nero.

Entrò in casa e andò diretta verso la stanza di Matilde.

Dall'interno proveniva della musica a volume piuttosto alto. Provò a bussare e abbassò la maniglia, convinta di trovare la porta chiusa, e invece si aprí senza resistenze.

Matilde era seduta sotto la finestra. Si dondolava all'indietro sulla sedia con le gambe appoggiate al davanzale; la musica usciva dal portatile che teneva sulle ginocchia. Girò la testa sentendola entrare e poi tornò a guardare lo schermo. Non sembrava disturbata dal suo ingresso. Un'incredibile novità.

Emma vide scorrere delle immagini e le parve che non avessero niente a che fare con la musica.

Quel che si scorgeva era la protesi artificiale di una mano che ruotava lentamente sotto la luce. I sottotitoli descrivevano in inglese componenti e caratteristiche tecniche. Era l'ultima cosa al mondo che pensava sua figlia potesse guardare in circostanze simili.

Invece Matilde era totalmente concentrata. Nemmeno il suo ingresso nella stanza l'aveva davvero distolta.

– Cos'è? – chiese Emma.

Lei le fece cenno di avvicinarsi, passò velocemente a un'altra tab e chiuse il video della canzone, poi alzò il volume del documentario che stava guardando. Di nuovo in primo piano tornò la mano artificiale. Matilde aprí l'immagine a schermo intero.

La protesi aveva il palmo ricoperto in lattice bianco, le dita nere, e una serie di spirali concentriche intorno al polso. Emma accostò il viso al computer, guardando Matilde interrogativamente.

– Una protesi?

Lei annuí. – Vuoi sapere la definizione esatta? È una mano poliarticolata a controllo bioelettrico. Ha il 90 per cento delle funzionalità di un arto normale. Si adatta agli oggetti e le dita si piegano anche a riposo.

Spostò il video avanti veloce. La mano riappariva, stavolta però non come un totem isolato sotto la luce di un riflettore, ma come la naturale prosecuzione dell'arto di un uomo di circa quarant'anni. Magro, fisico atletico. Lo si vedeva afferrare una pialla elettrica e passarla lentamente lungo un'asse di legno. Era quasi impossibile capire che indossava una protesi.

– Il pollice arriva ad assumere tre posizioni diverse, quasi come una mano umana. Può afferrare oggetti piccoli, pesanti, sottili. Qualsiasi cosa. Il polso si piega in flesso-estensione, oppure ruota verso l'alto o il basso.

Emma era impressionata. – Ma come funziona?

Gli occhi di Matilde si accesero. Tirò giú le gambe dal davanzale e si mise dritta a sedere, appoggiando il computer sul tavolo e girandolo verso la madre.

– Un sistema di controllo. Sfrutta l'attività di contrazione muscolare che parte dal cervello e viene raccolta da due sensori all'interno dell'area cava della protesi, a contatto con la pelle –. Spostò ancora il cursore in avanti fino a che nel video non comparvero due chip quadrati e sottili di un paio di centimetri di larghezza. – Sono questi, vedi? I sensori interpretano i segnali di contrazione e attivano il movimento. Ma è l'arto a essere incredibilmente flessibile. Sembra quasi vero, no?

Emma annuí, colpita dalla naturalezza della protesi, appena piú lenta di una mano normale. Un arto riflessivo, ma fluido come uno di carne.

– Lo puoi anche calibrare con un software specifico che si connette in bluetooth. Personalizzi i parametri a seconda dell'uso che vuoi farne. Per adesso hanno realizzato solo una mano. Ma stanno lavorando per sviluppare un arto completo, e poi gambe, e anche esoscheletri.

Non era facile vedere Matilde eccitata. Una leggera frenesia la faceva agitare sulla sedia.

Sollevò il busto e si voltò verso di lei. – La stanno sviluppando all'Università di Bologna.

– Bologna?

– Sí. A Cesena, in realtà. Il campus biomedico di Bologna ha sede lí.

– Come lo sai?

Matilde tornò seria.

– Non è difficile da scoprire. Si cerca in rete.

– E come mai l'hai fatto proprio ora?

– Perché è lí che voglio studiare.

Emma visualizzò il bersaglio di un tiro a segno, e una freccia in volo che si conficca al centro. Allora era questo l'obiettivo di Matilde, la confidenza non era gratuita, puntava a qualcosa. Tornò a farsi strada in lei la consapevolezza del presente, che solo per un istante aveva accantonato.

Si irrigidí, fece un passo indietro. Matilde chiuse il monitor del computer avvicinandosi di nuovo alla finestra.

Emma si impose di non alzare la voce. – A volte mi sembri un marziano, Matilde. Ma capisci a cosa stai andando incontro?

Matilde scrollò le spalle. – E quindi? Vuoi che lasci perdere l'università? Vuoi che smetta di avere progetti solo perché potrei avere un bambino? Ammesso che decida di arrivare fino in fondo.

Emma chiuse gli occhi. Non trovava il modo di connettere quella giovane donna di solito cosí razionale con le assurdità che le uscivano di bocca. Le faceva pena.

Le si accostò, facendo un ennesimo sforzo per bucare il muro di supponenza. – Ne parli come se fosse un piccolo intoppo, una malattia che guarirà prendendo un antibiotico. Ma è una cosa che cambierà la tua vita, lo capisci? È chiaro che voglio che continui a studiare, come puoi pensare che non sia cosí? – Le scosse un braccio. – Avere un figlio cambia tutto. Tu invece credi di potercela fare da sola!

– Non è vero. Ne sto parlando con voi.

– No, non stai parlando. Stai imponendo le tue decisioni senza negoziare niente. Non hai idea di come va il mondo.

– Quindi sapere come va il mondo significa fare a modo tuo.

– Non ho detto questo, ma tu non apri nessuno spiraglio!

– Ti ho appena fatto vedere una cosa che per me conta. Che mi ha permesso di capire quello che voglio diventare. Non mi pare che te ne importi molto.

– Non ho detto niente del genere! Dico solo che adesso abbiamo altre priorità. Hai fatto i calcoli? Se deciderai di tenere il bambino nascerà intorno a febbraio. A quel punto dovresti essere nel pieno della preparazione per la maturità. E poco dopo dovrai fare un test di ammissione alla facoltà, ad agosto o a settembre. Entro ottobre dovrai trovare una stanza, portare lí la tua roba. Quando cominceranno le lezioni avrai un bambino piccolissimo di cui occuparti. E vuoi andare a Cesena da sola? Riesci almeno a capire che enorme idiozia hai fatto? – E sebbene le pesasse nel petto come un macigno, Emma non riuscí a sputare fuori l'ipotesi piú inconcepibile, che era anche la piú scontata nella sua linearità: tu hai già deciso di scaricarlo a me e andartene via. Vuoi che io sconti tutto da capo.

Matilde guardò fuori dalla finestra. – Stai dicendo che mi sono rovinata la vita?

– Di sicuro te la sei complicata. E ti comporti come se non te ne rendessi conto. Cosa che del resto fa anche tuo padre.

– Non è vero. Nemmeno lui è contento.

Emma scosse la testa, esasperata.

Matilde riprese: – Lo odi perché non è furioso con me, e perché non mi urla contro come fai tu.

– Io non odio nessuno. Ma voglio che tutti e due scendiate sulla Terra e cominciate a confrontarvi seriamente con questa situazione. Non posso essere l'unica che ragiona qui dentro.

Si rese conto di avere alzato la voce. Sentí un rumore alle sue spalle. La porta della stanza si aprí appena, come l'avesse spostata un soffio d'aria. Oltre la soglia c'era Fausto.

Succedeva di continuo. Se tentava di ragionare con Matilde, Fausto si materializzava nella stanza. E anche quando non diceva una parola, Emma si sentiva un'abusiva, un corpo estraneo lugubre e patetico, intrappolato in uno spazio a cui non appartiene.

7.

Una notte, già a letto da ore, Emma si svegliò di soprassalto. Aveva iniziato a prendere sonniferi, ma non sempre funzionavano fino al mattino. Le capitava spesso di aprire gli occhi senza motivo, come succede quando un rumore forte passa attraverso la corteccia del sonno e ti raggiunge nel buio pesto. Ma non c'erano stati rumori. Era solo l'ansia che fermentava.

La sveglia segnava le due e quindici. Il respiro di Fausto accanto a lei era quieto e regolare.

Si alzò e uscí dalla stanza. In salotto la televisione era accesa con l'audio bassissimo. Matilde dormiva sul divano, sotto un plaid leggero che le lasciava scoperti i piedi.

Emma chiuse la finestra che era rimasta aperta. Fu sul punto di svegliarla, ma si fermò. In fondo poteva riposare bene anche lí.

Sullo schermo scorrevano i titoli di coda di un film. Si guardò in giro in cerca del telecomando.

Lo vide sul tavolino, sopra un plico di carta impilato con ordine. Le cadde l'occhio sul nome di Matilde, con la data di nascita e il codice fiscale. Prese un foglio e cominciò a leggere.

Erano le analisi che aveva ordinato la dottoressa Serrano. Emma aveva accompagnato Matilde al prelievo il giorno successivo alla visita, anche se lei insisteva per andare da sola. Le aveva anche prenotato un appuntamento per la translucenza piuttosto distante perché non era stato facile trovare posto, neppure privatamente.

Matilde doveva aver ritirato i risultati senza dirle niente. Emma controllò i valori.

Per ogni voce veniva riportata la soglia di tolleranza, quella di rischio medio o grave, e la doppia dicitura per i valori attesi in condizioni normali o in gravidanza. Non sembrava ci fosse niente di allarmante.

Matilde si mosse nel sonno e si girò su un fianco. Poi aprí gli occhi.

– Mi sono addormentata?

– Direi di sí. Sono le due passate.

Matilde guardò verso lo schermo. I titoli di coda scorrevano ancora. – Ho perso il finale.

– Cos'era?

– *Un'altra donna*.

Ecco perché la colonna sonora le suonava familiare, era un film di Woody Allen per cui Matilde aveva una venerazione. Emma l'aveva visto una volta sola. La protagonista era disturbante. Una donna di mezza età di fronte a un fallimento irrecuperabile. Alla fine comprende cosa ha sbagliato, ma basta questo a salvarla?

Matilde invece vedeva in lei un simbolo di fermezza. «Se ha un'intuizione è solo perché prima ha fatto degli errori, e sono gli errori che ha scelto. È per questo che capisce. Con gli errori che fai per compiacere gli altri invece non capisci niente».

Matilde si accorse dei fogli che Emma teneva ancora in mano. Si incupí.

– Li hai ritirati tu? – le chiese.

– Stamattina. Il laboratorio mi aveva mandato un sms venerdí.

Emma riprese a leggere l'elenco dei valori, ma Matilde

le sfilò i fogli dalle mani, indispettita. – C'è il mio nome sopra, se non sbaglio –. Poi si sporse a testa in giú sotto il divano e tirò fuori una cartellina rossa, ci infilò il plico e fissò la chiusura con l'elastico.

Si alzò. – Vado a letto.

– Aspetta. Non li ho guardati con attenzione. Sei sicura che sia tutto a posto? Li portiamo alla Serrano, fisso un altro appuntamento.

– Perché? Non c'è niente che non va. E non dobbiamo tornarci tutte le settimane. Stirò le braccia verso l'alto per sgranchirsi. La maglietta del pigiama sollevandosi scoprí la pancia. Emma la guardò involontariamente.

– Non vuoi dirmi chi è?

Matilde abbassò le braccia. – Di chi parli?

– Il padre del bambino. Come è successo?

La figlia afferrò rabbiosamente il plaid cominciando a piegarlo con gesti sgraziati. – Vuoi sapere come si resta incinta? – Poi si fermò di botto, quasi l'avesse colta un dubbio improvviso. – E sei sicura che sia solo questo?

Emma arrossí e le strappò il plaid dalle mani.

– No, hai ragione, non è solo questo. Penso anche ad altro. Penso, per esempio, che nemmeno per un attimo hai preso in considerazione le ricadute che le tue scelte avranno su tutti, però vuoi essere l'unica ad avere diritto di parola.

– Parla piano, stai urlando, – tagliò corto Matilde. – Lasciamo stare, sono stanca. Vado a dormire.

Emma la seguí con lo sguardo mentre usciva dal salotto portando con sé la cartellina rossa. Sulla soglia della stanza accese la luce e si girò appena. Il profilo del viso era netto contro lo sfondo illuminato.

– Comunque non ho mai detto che non ve lo dirò. A voi, o al padre. Prima però voglio essere sicura di quello che significa per me, e di quello che deciderò di fare. Perché quando lo saprà anche lui non sarò piú libera. È strano che proprio tu non lo capisca.

– Che vuoi dire?

– Non hai fatto la stessa cosa?

– Assolutamente no. Io l'ho detto subito… – Esitò. Cosa doveva dire? «A tuo padre»? Sarebbe suonato ridicolo. Era un ectoplasma già allora, a poche settimane dal concepimento. Evitò di specificare. – E non mi rispose neanche.

– Ma hai preso da sola la tua decisione, no?

– Perché non avevo alternative.

– E ti sei pentita?

Emma fece un passo indietro. – Non ho mai detto una cosa simile.

– Però continui a parlarmi come se restare incinta fosse una malattia invalidante. Magari per te è stato cosí. Non vuol dire che anche per me debba essere lo stesso.

Emma era sconcertata. – Tu non sai nulla. Non hai idea.

– Lo vedi? Insisti.

Emma si mosse verso di lei. – È una cosa che ti cambia radicalmente. Non puoi pretendere che a te non accada perché hai deciso cosí. È piú forte di te!

– Questo lo so, non sono stupida. Ma è possibile che sia sempre per il peggio? Perché deve essere tutto un sacrificio?

– Tu credi invece che equivalga a un lavoretto part time, come fare qualche euro ai tavolini di un bar, tra un impegno e l'altro?

– Quindi l'unico modo è accettare la rinuncia definitiva? Hai un figlio e il resto deve sparire? Immagino che per te sia andato benissimo –. Abbassò la voce, quasi le pesassero le parole. – Perché tu non saresti niente senza il tuo sacrificio.

Emma curvò le spalle. Si strinse le braccia intorno al corpo. – Matilde, io questo non me lo merito.

– Magari per te è stata la salvezza. Dove saresti ora se non avessi dovuto occuparti di me? Avresti dovuto avere una vita tua. Certe volte penso che tu l'abbia fatto apposta.

Emma si avvicinò. – Che stai dicendo?

– Che sei rimasta incinta prima di laurearti. L'assoluzione perfetta –. E allargò le spalle, come a dire che era disposta a sopportare l'onere di quell'insinuazione.

Emma si avvicinò ancora. Ormai Matilde era parecchio piú alta di lei, le toccò alzare la testa. – Che cosa ne sai di me visto che sono anni che a stento mi rivolgi la parola? E comincio anche a capire perché. Stai dicendo che sono una miserabile? Una donnetta che ha fallito, e che ti ha usato come alibi?

– Non lo so. Quello che so è che fai di tutto per convincermi che avere un figlio equivale all'autodistruzione. Trai tu le conclusioni.

A Emma tornò in mente il quadro di Caravaggio. *La Vocazione di Matteo*. Il richiamo alla vita che amava e a cui aveva creduto di poter tornare, prima che Matilde saturasse di nuovo tutto lo spazio.

– Credi di essere l'unica capace di scelte estreme? – sussurrò quasi soffiando sulle labbra di Matilde. – Io non volevo.

Matilde aveva un sorriso insultante.

Emma continuò: – Avevo deciso di abortire. L'avrei fatto.

Matilde scoppiò a ridere. – Tu? – Poi si rabbuiò. – Non è vero. Stai dicendo una cazzata.

– La mia vita non è cominciata con te.

– Però è con me che è finita, vero? È colpa mia e quindi vuoi la mia da gestire in cambio. Ma io non ti credo.

– Non mi interessa quello che credi, posso garantirti che è andata cosí.

– Perché non l'hai fatto, allora? Per quello che ne so io, vent'anni fa abortire era perfino piú facile –. Entrò nella sua stanza. – Comunque non è la verità, perché piú ci penso e piú capisco che è stata la soluzione perfetta –. Poi si girò e le chiuse la porta in faccia.

Emma rimase qualche istante immobile, il respiro pesante. Prima furiosa, poi sempre piú disorientata dalle sue stesse parole. L'aborto. Un frammento di sé cosí distante e irriconoscibile da non sembrare piú nemmeno suo. La vita di un'altra, estranea al punto che nemmeno Fausto l'aveva mai saputo.

Andò a sedersi sul divano e spense la televisione. Rimase ferma nel buio. Si riscosse quando qualcosa sul tavolo prese a lampeggiare. Scostò alcune carte, sotto c'era il cellulare di Matilde. Il led pulsava.

Emma lo prese in mano e premette il tasto Home. Lo schermo si illuminò di un azzurro chiarissimo. Era la cover di *Nevermind*. Perfino nei gusti musicali Matilde dichiarava la sua predilezione per il padre.

Stava per rimetterlo a posto, ma qualcosa la trattenne. L'obbligo a fare qualcosa di duro e necessario. Lasciò scorrere l'indice per sbloccare il telefono. C'era un codice di protezione. Tentò di aprirlo con la data di nascita di Matilde, poi con quella di Fausto, giorno e mese, poi mese e anno. Non funzionò.

In quel momento Matilde riaprí la porta della sua stanza. Emma la vide oscillare di fronte al gesto sospetto. Solo allora si accorse che aveva due occhiaie profonde. Era tesa e disperata. Ma come poteva aiutarla se non si lasciava avvicinare?

Matilde le venne di fronte con un'espressione inaccessibile. Senza dire una parola le sfilò il telefono dalle mani e tornò a chiudersi in camera sua.

8.

Da ragazzo Fausto era capace di nuotare per ore. In acqua la solitudine non gli pesava, ma fuori da lí si sentiva incompleto, privo di qualche elemento essenziale, come un oggetto pesante sprovvisto di impugnatura. Nessuno si interessava a lui o provava ad afferrarlo, e i pochi che ci provavano si stancavano in fretta.

Da adolescente, la strategia piú scontata a cui aveva potuto pensare per sentirsi meno solo era stata la musica. Gli piaceva, e gli dava qualcosa di cui parlare. Aveva imparato a conoscere i Japan, i Joy Division, gli Smiths, Leonard Cohen, perché gli sembravano all'altezza dell'idea di sé che desiderava trasmettere agli altri. Ma nelle sue scelte c'era molto di artificioso.

L'unica cosa che amava davvero era il silenzio dell'acqua. La condizione di perfetto isolamento che gli consentiva di tenersi distante dalle relazioni sociali senza apparire un caso psichiatrico.

In quelle settimane gli era capitato spesso di ripensare al passato, perché Matilde all'improvviso aveva ripreso a fargli moltissime domande, com'era successo qualche anno prima, quando lui ed Emma le avevano raccontato la verità sulla sua nascita.

Si sedeva accanto a lui sul divano nel tardo pomeriggio, quando tornava dal lavoro, verso le sei e mezzo, e cominciava a chiedergli cose che conosceva a memoria, e altre che non aveva mai domandato prima. A volte la tiravano per le lunghe fino all'ora di cena. Ma se la voce di Emma dalla cucina avvisava che la cena era in tavola, o se la sentivano avvicinarsi, si alzavano in piedi allontanandosi l'una dall'altro, neppure consapevoli del proprio imbarazzo. Era come se la gravidanza avesse aperto una frattura che Matilde voleva riempire facendo domande e ottenendo risposte.

Non fosse stato per lei, Fausto non sarebbe mai tornato indietro a quei giorni. Non gli interessava rivangare, e meno che mai dare un senso di marcia alla sua vita. Non vantava crediti. Il passato aveva senso perché definiva un percorso che l'aveva portato a destinazione attraverso una strada che non avrebbe piú dovuto percorrere. Conservare la mappa era un inutile ingombro.

Eppure Matilde voleva sapere, e allora Fausto si era prestato. Se era quella la terapia di cui aveva bisogno, lui non vedeva nessuna buona ragione per negargliela.

Le raccontò del nuoto, e di quello che aveva significato.

Dai quindici ai diciott'anni si era buttato in piscina quattro volte a settimana facendosi risucchiare dall'ipnosi ritmica delle bracciate. Seguiva mentalmente la traiettoria di ogni fascio muscolare e la progressiva dissoluzione del sé. A fine allenamento si arrampicava al bordo senza usare la scaletta, con un unico gesto fluido, e l'acqua che gli scivolava lungo il corpo precipitando a terra diventava il riflesso esteriore della cascata di beta-endorfine dentro di lui, e della calma estatica che durava per ore.

– Mai pensato di drogarmi. Avevo questo, mi bastava.

Alla stessa età aveva scoperto anche il potere rilassante delle piante, iniziando dal ficus in salotto, davanti alla veranda, che sua madre trascurava. Fausto sentiva la vibrazione di una carica negativa quando sfiorava la pianta. Le foglie erano opache, ogni tanto ne cadeva una, malinconicamente. Aveva cominciato a prendersene cura senza dire niente alla madre, affezionandosi persino. Gli piacevano quelle foglie verdi al centro e screziate di bianco lungo i bordi, che brillavano quando passava un panno umido sulla lamina.

Non ci mise molto a capire il problema: riceveva troppa acqua.

– Ma davvero vuoi sentirmi parlare di un ficus di cui mi occupavo venticinque anni fa? Mi pare di una noia mortale.

Matilde però insisteva. – Sí. Vai avanti. L'hai salvato?

L'aveva salvato, e sua madre si era risentita, come se la cosa implicasse un giudizio sui suoi talenti di casalinga.

– Le ho detto che l'avrei spostato in camera mia. Lei non ha commentato. L'ho trapiantato in un sottovaso pieno di argilla espansa, e tutte le mattine nebulizzavo le foglie con acqua tiepida. E lo lasciavo sotto la finestra, con le tende tirate, per evitare che fosse investito dalla luce. In due settimane è rinato. Da quel momento ho preso in carico tutte le piante dell'appartamento. Con mia madre ho capito che dovevo usare un'altra strategia. Farlo da cospiratore, senza dire una parola. Credo che alla fine per lei fosse piú comodo cosí. Era come Emma, con le piante non ci sapeva fare, però apparteneva a un'altra generazione. Certe debolezze la facevano sentire inadeguata.

Per lui invece era stato spontaneo. Aveva l'impressione che le piante gli si affidassero.

– Perché hai scelto di studiare Ingegneria? – gli chiese ancora Matilde.

– Non so. Le materie scientifiche mi sono sempre piaciute, non ho mai fatto fatica. E anche perché sapevo che sarebbe stato facile trovare un lavoro, credo. Non è come per te. Non avevo vocazioni, soltanto senso pratico.

Infatti aveva cominciato a lavorare quasi subito, prima in una grossa partecipata e, qualche anno dopo, in una piccola azienda specializzata nel trattamento delle biomasse.

Poi un giorno Matilde disse bruscamente: – Voglio sapere di piazza Farnese.

Fausto era seduto sul divano e si stava togliendo le scarpe. C'era poca luce. Emma non era ancora tornata a casa.

Ci pensò su. Non era sicuro che fosse una cosa di cui era bene parlare in assenza di Emma. Lei l'avrebbe preso come l'ennesimo tradimento, e la situazione era già complicata.

Però discuterne prima con lei avrebbe significato ricordarle la solita urticante evidenza. Che Matilde parlava con lui e la escludeva dalle sue confidenze. Non c'era un modo sano per uscire da quella situazione. Matilde intanto aspettava.

– Da bambina me l'hai chiesto cento volte. Pensavo che fossi una ragazzina romantica, oggi non lo direi piú. Sai già tutto a memoria.

– Non me ne frega niente del romanticismo, infatti. Voglio capire se mi sono persa qualcosa. Fammi la cronaca. Come un verbale in commissariato.

– Cioè, con i tempi all'imperfetto? L'indiziato si recava nei pressi del rione Ponte? Non capisco perché vuoi studiare Ingegneria, hai lo spirito dell'inquirente. Potresti fare l'accademia di polizia, o il magistrato –. Fausto rise.

Poi annuí. «In qualche modo lo spiegherò a Emma», si disse per assolversi, sapendo che invece con ogni probabilità non l'avrebbe fatto. Parlare era un privilegio che per qualche ragione Matilde concedeva solo a lui, e non poteva tirarsi indietro. Stava tradendo Emma, ma non gli sembrò un peccato grave. Con tutto quello che stava succedendo non poteva essere reticente. Amava Matilde. L'amore costringe sempre a scegliere.

9.

Era la prima settimana di ottobre del 1999, e da tre mesi Fausto non concludeva nulla. A giugno si era laureato e aveva deciso di prendersi un trimestre di pausa. Voleva andarci piano con la vita.

L'estate era volata via, pulita come la parabola di un tuffatore da uno scoglio. Poco prima che finisse – aveva già fissato un paio di colloqui di lavoro di lí a qualche settimana – una sera ancora molto calda aveva pensato di raggiungere un gruppo di amici a una festa in un attico in via Giulia. Era un appartamento enorme dove in quel momento non abitava nessuno. Non c'erano mobili, solo il ripiano della cucina con i pensili in formica, un tavolaccio scheggiato senza sedie in salotto, e un vecchio armadio con il pianale sfondato in una delle due camere da letto. Il pavimento era rivestito di parquet a listarelle minuscole a spina di pesce, saltate in diversi punti.

Fausto era arrivato in ritardo. C'era un rumore d'inferno. Musica soprattutto, ma anche il chiasso delle voci che aveva sentito distintamente da lontano, mentre si avvicinava al palazzo, da almeno trenta metri di distanza. Le finestre erano spalancate.

Mentre si aggirava per il salotto affollato aveva intravisto un amico. – Siamo tutti di sopra. Sali.

Nella terrazza enorme che sovrastava l'attico la metà dei ragazzi era fuori a fumare e a contendersi qualche refolo che riusciva a malapena a smuovere l'aria.

Gli passarono una Peroni tiepida già stappata. – È calda. – Lo so, ma non c'è il frigorifero e tu sei in ritardo. Se eri qui un'ora fa la bevevi fredda. Cazzi tuoi.

Fausto mandò giú un sorso e si pulí la bocca sulla spalla. Intorno c'erano alcune ragazze. Tre, e non ne conosceva nessuna. Si affacciavano alla balaustra e fingevano di ignorarli. Ce n'era una quarta seduta con la schiena contro il muro, appoggiata a uno sgabello in legno che forse era una cassetta della frutta rovesciata. Era sotto il bulbo di una lampadina attaccata a un filo. La luce che pendeva dall'alto intensificava il persistere della sua espressione. Non beveva, non fumava, non parlava con nessuno e apparentemente non si faceva distrarre da nulla. Il suo sguardo era focalizzato su un punto distante.

Poi si rese conto che lui la fissava, e si riscosse.

Fausto si avvicinò. Si presentò e seppe il nome di lei. Emma.

Sorrise. – Non è un nome comune. Piacerebbe a mia madre, *Madame Bovary* è il suo libro preferito. Dice che Emma Bovary dovrebbe essere la patrona di tutte le donne sposate –. Lei allungò il braccio per farsi passare la birra ancora piena per metà. Fausto, sorpreso dalla familiarità del gesto, gliela porse.

– Non mi pare un augurio felice.

– No, infatti. Dice anche che dopo il matrimonio finisce sempre cosí.

– Cosí come? Con un amante? Con la stricnina?

– Non credo che intenda in termini letterali. Il destino della donna nel matrimonio è l'infelicità, o una cosa del genere. Non è una persona molto positiva.

– E tu cosa pensi?

– Non lo so. Non ho esperienza di donne sposate. A parte mia madre, che spero non faccia testo.

Emma sembrava divertita. – Hai già detto che non ti chiami Charles. Per caso vuoi fare il medico? – gli chiese.

– Direi di no. Mi sono appena laureato in Ingegneria.

– Bene. Allora tua madre ha torto e tua moglie non corre nessun pericolo.

Fausto avvertí un leggero imbarazzo, come se la ragazza avesse toccato un tasto delicato ma lui non potesse dire con certezza dove o come ci fosse riuscita.

Finí l'ultimo sorso dalla bottiglia e scese le scale di corsa per andare a prenderne un'altra. Ne trovò un paio su un ripiano della cucina, dentro un secchio che in origine era stato riempito di ghiaccio ormai completamente sciolto. Ne tirò fuori una. Era ancora piú calda della prima.

Tornò indietro, divise anche quella con Emma e le si sedette accanto.

Continuarono a parlare di cose irrilevanti, con il sospetto che l'unico barlume di confidenza si fosse esaurito nel primo scambio di battute.

Ma mentre chiacchieravano Fausto ebbe una percezione lucida: voleva rimanere. Non lo colpiva nulla di particolare in lei a eccezione di un dettaglio, una reazione chimica che per Fausto fu subito evidente, tanto era diversa da quella che scattava in compagnia di chiunque altro. Con lei non si annoiava, e non sentiva il desiderio di essere altrove. C'era qualcosa che somigliava a un'intimità già collaudata.

La ragazza aveva i capelli biondo cenere che arrivavano appena a sfiorarle il collo, gli occhi scuri, e la pelle abbronzata che in inverno doveva essere molto pallida. Sembrava insieme presente e lontanissima, come se fosse gravata da un affanno di cui non riusciva a liberarsi. Tutto in lei pareva danno e incredulità.

Gli sembrò una persona pratica, lo capí dall'uso parco che faceva delle parole. Perfino nel gesticolare era contenuta. Ogni cosa era in equilibrio, a parte un dettaglio: si mangiava le unghie.

Notando che lui le guardava le mani, le sventolò come se volesse asciugare lo smalto. – Le unghie sono brutte, lo so. Ho cominciato da poco. Non l'ho mai fatto prima, ma voglio smettere.

Disse che aveva intenzione di prendersi una piccola vacanza dalle responsabilità, e che le serviva coraggio. Fausto sentí che tornavano in prossimità di qualcosa di denso.

– Sono in pausa anch'io, – rispose. – Per un paio di settimane, poi devo diventare adulto.

Emma avvertí che si era aperto un passaggio. Ma la loro conoscenza era ancora troppo recente perché l'argomento potesse essere affrontato a voce alta, senza scorciatoie retoriche di qualche tipo. Pensò che cambiare aria potesse essere il modo migliore per comunicare che erano saliti piú in alto, e che era lí che voleva restare.

– Andiamo via? – gli chiese. Fausto annuí.

Risalirono via Giulia con l'idea di raggiungere corso Vittorio e prendere un autobus. Lei abitava in via Nomentana, e non aveva idea di quale mezzo avrebbe potuto portarla verso casa.

– Ma immagino che uno ce ne sarà.

– Allora andiamo. Se non sei ubriaca e riesci a stare in piedi ci mettiamo cinque minuti.

– Ho bevuto un sorso della prima birra. Forse due della seconda. Non sono ubriaca di sicuro.

Invece ci misero piú del doppio del tempo, facendo diversi giri a vuoto. Alla fine arrivarono in piazza Farnese. Era molto tardi, quasi le tre. Avrebbero dovuto proseguire, ma la piazza deserta e la facciata monumentale dell'ambasciata di Francia li attrassero come una malia. Senza nemmeno bisogno di dirselo si diressero verso una delle due fontane e si voltarono a guardare l'edificio. In quell'umidità i lampioni emettevano una luce cosí pastosa e calda da sembrare ancora alimentati a gasolio.

– Hai mai visto il cortile? – gli chiese lei.

– Non è un'ambasciata? Credevo fosse chiusa al pubblico.

– Puoi dare un'occhiata se hai la tessera della biblioteca, – e indicò le finestre dell'ultimo piano. – L'École Française. Non ti permettono di fermarti, la sicurezza si innervosisce. Ma passandoci accanto riesci a farti un'idea.

– Cos'ha di particolare?

– L'armonia. È eterno, come una costellazione. Lí dentro il tempo non scorre, la terra non gira.

Si appoggiarono alla ringhiera che proteggeva il bacino in marmo delle fontane, stanchissimi.

– Sei sicura che gli autobus circolino a quest'ora?

– Non lo so. Potrei prendere un taxi, – e si guardò in tasca per controllare quanti soldi aveva.

– Non preoccuparti, semmai pago io. È tardi.

– Sí, anche per me, ma i miei sono in vacanza e tornano domani. È raro che mi lascino da sola. Faccio sempre fatica a convincerli.

– Perché? Sembri una persona responsabile.

Emma abbassò la testa e arrossí, ma Fausto non se ne accorse. Le mise un braccio intorno alle spalle. Si assunse un rischio, Emma avrebbe potuto irritarsi, invece accettò l'offerta. Appoggiò la testa su di lui e tirò fuori tutto ciò che c'era da sapere in quel momento esatto della sua vita. Gli raccontò che era sola, che aspettava un bambino, che i suoi ancora non lo sapevano ma che doveva dirglielo. A questo le serviva il coraggio. Era certa non l'avrebbero perdonata.

Del padre del bambino non disse nulla, e Fausto non chiese. Rimase accanto a lei continuando ad ascoltarla per ore. Realizzarono che era l'alba al suono di una saracinesca che si alzava da qualche parte, in un punto distante. – Ci rimettiamo in moto? – fece lui. Si tirò su e le porse una mano per aiutarla a sollevarsi.

Attraversarono Campo de' Fiori mentre intorno a loro aprivano i primi banchi del mercato, e arrivarono in corso Vittorio che gli autobus avevano appena ricominciato a girare. Fausto però insisté lo stesso per accompagnarla a casa pagandole un taxi.

Nei giorni successivi si videro ancora. Lui non tentò di influenzarla in nessun modo e fece la cosa che gli veniva meglio: ascoltò, offrendo una sponda alla sua tristezza. E quando lei gli annunciò che era pronta a parlare con i suoi genitori, solo allora disse la sua. – Bene. E dopo io mi prendo cura di voi. Di te e del bambino.

Emma fece cenno di no, ma lui le strinse le spalle con forza. Voleva che non avesse dubbi sulla sua decisione, che lo osservasse da vicino e testasse la forza della sua volontà.

– Non è figlio tuo. Potresti pentirti, – obiettò lei, vergognandosi, perché sapeva che erano parole necessarie ma vili, rispetto al valore di un atto totalmente integro perché offerto senza contropartita.

Lui rispose: – Conta chi resta. L'atto di coraggio piú grande l'hai già fatto tu decidendo di andare fino in fondo. Sceglimi, e facciamola finita.

– E lei ha risposto di sí? – chiese Matilde.

Fausto sorrise. – Tu che dici?

– Dimmelo ancora.

– Ha risposto di sí.

– Avete avuto paura?

– Io no. Lei un po', all'inizio.

Erano insieme in cantina a cercare una latta di olio d'oliva comprato qualche mese prima.

Matilde inciampò in uno scatolone che sporgeva. Fausto la sostenne, e notò che aveva un'espressione turbata.

– Cos'hai? È la stessa storia di sempre. Te l'ho raccontata mille volte.

– Lo so.

– E allora perché sembri triste? Non ti ha mai fatto questo effetto.

Matilde si mise a sedere su uno sgabello. Non riusciva ad alzare la testa. Fausto si avvicinò sfiorando le ginocchia di lei con le sue. Le sollevò il mento con delicatezza.

– Mi ha detto che aveva deciso di abortire, – disse lei a bassa voce.

– Chi? Tua madre? Scherzi? Non le è neanche passato per la testa. Ci ha messo qualche tempo a confessarlo ai suoi, ma lo conosci tuo nonno. Sarei stato spaventato anch'io.

– Non è quello che ha detto lei.

– Quando?

– Due giorni fa. Ha insistito che voleva farlo, che era decisa. Non le ho chiesto perché ha cambiato idea, tanto non è mai sincera. E poi le è scivolato fuori per rabbia. Se le avessi fatto delle domande se lo sarebbe rimangiato. Magari non è vero, però io non riesco a smettere di pensarci.

– Senti, Matilde, la situazione vi sta sfuggendo di mano. Non è possibile che continuiate a farvi del male in questo modo. Ero lí con lei, non ha mai preso in considerazione l'aborto, nemmeno per un momento. Se vuoi che ti dica che era entusiasta, non posso farlo. Ma come avrebbe potuto? Era terrorizzata. Le è successo nelle peggiori condizioni immaginabili, con quei genitori. E c'era anche dell'altro –. Tentennò.

Matilde lo sfiorò, quasi volesse impedirgli di allontanarsi. – Cosa?

– Per favore, chiedilo a lei. Potrebbe essere un'occasione per spiegarvi.

Matilde fece cenno di no. – Ti ho detto che è inutile. Lei è ansiosa, è ossessiva. Dimmelo tu, per favore.

Fausto si passò una mano dietro la testa. Si mise a camminare avanti e indietro, poi di nuovo si fermò di fronte a lei. Era il passato di Emma, Fausto non ne aveva il diritto, lo sapeva.

– C'era un'amica, credo fosse l'unica persona a cui voleva bene. Se n'è andata senza dire una parola quando ha saputo che era incinta.

– E perché?

Fausto allungò un braccio per accarezzarle i capelli, ma lei gli afferrò la mano come un cercatore che estrae dal fango qualcosa che potrebbe essere prezioso. – E perché non me ne hai parlato prima?

– Matilde, davvero, credo che dovresti chiederlo a lei.

Quella sera Emma tornò molto tardi. Aveva avuto una serie di seccature al lavoro, tutte cose che avrebbe potuto rimandare, ma erano giorni che solo il tempo passato fuori casa le restituiva un barlume di lucidità. Sotto lo stesso tetto con Matilde impazziva.

Fausto aveva comprato qualcosa per cena in rosticceria. Emma riuscí a malapena ad affacciarsi in cucina. – Non me la sento di mangiare, ho mal di testa, vado a dormire.

Lui la seguí in camera da letto osservandola mentre si toglieva i vestiti alla rinfusa. – Ti porto qualcosa in camera. Un pezzo di pizza.

Emma fece segno di no. – Ho mal di testa da stamattina.

– Ti capita piú spesso del solito, no? E sei dimagrita.

Lei fece una smorfia sbilenca. – Non è proprio il periodo migliore della mia vita. O della nostra –. Poi si fermò a metà mentre si sfilava la maglietta e la tirò giú di nuovo. – Davvero ti sembra che succeda piú spesso?

– Sí.

Lei fece scivolare la gonna. Non ci aveva fatto caso, soffriva di emicrania dall'adolescenza, quella pressione pulsante alla base della nuca ormai era una parte di sé. Forse però aveva ragione lui. Il talento di Fausto per l'osservazione e la cura.

Ebbe un moto di tenerezza e lo abbracciò di slancio. – Grazie.

Fausto ricambiò a disagio. Si sentiva colto in flagrante. – Matilde mi fa molte domande in questo periodo.

Emma si sciolse dall'abbraccio. – E cosa c'è di nuovo? Sei sempre stato tu quello con cui vuole parlare. Pensi che non lo sappia?

– È tornata a chiedermi cose che non mi domandava piú da parecchio tempo.

Emma si fece piú attenta. Ripensò alla discussione con Matilde e a quello che le aveva detto. L'aborto, di nuovo. Arrossí di pena e di vergogna, incredula al ricordo di ciò che aveva confessato. Era ovvio che Matilde avrebbe cercato conferme.

Deglutí. – Cioè?

– Come ci siamo incontrati. Le cose che mi hai detto quella sera a piazza Farnese e dopo, mentre tornavamo a casa tua.

Una vibrazione elettrica. Emma la dominò. – Quindi?

– Quindi niente. Mi ha domandato perché hai voluto raccontarmi tutto, visto che ero uno sconosciuto. E perché non avevi amici. Poi mi ha detto una cosa inverosimile –. Si schiarí la voce. – Che avevi deciso di abortire.

Emma fece un passo indietro e rimase ferma in mezzo alla stanza.

– Avrà capito male, però mi è sembrato il caso di dirle qualcosa di piú, perché era molto turbata. Forse non proprio spaventata, ma stupita, in modo doloroso. Allora ho accennato a Irene. So che non vuoi che se ne parli, ma è passato tanto tempo. E tu che colpe hai?

– Irene?

Fausto annuí a testa bassa e rimase in attesa, ma non successe altro. Trattenne un sospiro di sollievo, gli sembrò di essersela cavata con poco. – Bevi almeno una camomilla. Te la preparo io –. Uscí dalla stanza.

Lei restò con la maglietta in mano.

Ha smesso di fare male?, si chiese. Ha smesso di bruciare?

Avrebbe avuto senso domandarselo se Irene fosse stata per lei un ricordo malinconico, il passato che si rievoca solo per avere la conferma di esserselo davvero lasciato alle spalle. Ma le cose non stavano cosí. Ci pensava spesso, e non era mai il tradimento a sorprenderla all'improvviso. Piuttosto era il ricordo degli istanti privati, la perdita di tutto quello che aveva reso Irene l'amica di fuoco, padrona della forza che Emma non possedeva. Perché era sempre stato questo il patto tra loro. Io ho qualcosa da imparare, tu hai qualcosa da insegnare. Un maestro però si riconosce dalla perseveranza, Irene invece se n'era andata. Nel centro esatto di Emma quello strappo irradiava ancora una pena insostenibile.

Forse un giorno avrebbe potuto parlarne lei stessa a sua figlia, quando si fosse sentita pronta. Ma stava a Emma scegliere quando, non a Fausto. E il momento non era quello.

Appoggiò i vestiti sulla poltrona, poi lo sguardo le cadde sul comodino dal suo lato del letto. C'era una foto. Emma e Fausto, uno accanto all'altra, in tenuta da montagna e pronti per una ferrata, alle spalle il sole appena sorto. In due passi fu accanto al comodino. Afferrò la fotografia, la scagliò a terra e poi con un calcio la lanciò sotto il letto.

10.

Gli ultimi giorni prima della fine della scuola furono un incubo. Emma non riusciva a fidarsi piú nemmeno di Fausto.

Matilde piú di una volta non era tornata a casa a dormire malgrado Emma gliel'avesse espressamente proibito, avvisando con un sms di due parole all'ultimo momento. Dormo fuori. O – quando andava bene – dormo da Silvia. Anche se poi Emma controllava e Matilde era sempre dove diceva di essere. Nemmeno sul registro elettronico le risultavano assenze da scuola.

A casa Matilde oscillava tra il silenzio e il dogmatismo: non diceva una parola, e se apriva bocca faceva proclami. Presa in mezzo alla distonia della sua vita familiare, Emma scivolava sempre piú nell'avvilimento.

Continuava a ripensare al cellulare di Matilde. Doveva esserci dentro tutto quello che non le diceva. Un oggetto estraneo protetto da un codice a cui lei non aveva accesso, un correlato perfetto del loro rapporto. Aveva il dovere di tentare qualcosa anche contro la sua volontà. La via della trasparenza era impraticabile.

Cominciò a sforzarsi di ascoltarla al telefono, fingendo di essere impegnata oppure nascondendosi dietro uno stipite se Matilde era in un'altra stanza. Quando rientrava prima di lei in casa, e ormai succedeva quasi sempre, si infilava in camera sua cercando indizi.

Ma le pareti della stanza di Matilde erano mute, bianche e pulite. Il letto rifatto senza pieghe. All'interno dell'armadio tutto era quasi esclusivamente bianco o nero, e in perfetto ordine: le t-shirt e i pantaloni piegati e impilati sui ripiani uno sull'altro, le gonne e i pochi vestiti appesi a sinistra, e in fondo le giacche invernali e il cappotto, l'unico che aveva. La sola nota di colore erano i calzettoni infilati a coppie l'uno nell'altro e ammucchiati sul ripiano in alto, come gomitoli di lana in un cesto. Sulla piccola scrivania accanto alla finestra, una pila di libri di scuola, diverse dispense rilegate a spirale, e fogli di appunti pinzati.

Matilde era sempre stata molto ordinata, anche da bambina, eppure fino a qualche anno prima quella stanza parlava di lei. Emma ricordava un paio di poster alle pareti, e tre file orizzontali di adesivi su un pannello di sughero appeso all'interno della porta. C'erano cuscini viola sul letto, e una piccola bacheca in legno che era appartenuta a Emma adolescente. Ricordava ancora Matilde e Fausto, in garage, impegnati a ridipingerla di rosso, forse quattro o cinque anni prima. Era sparita. Da quanto tempo l'aveva tolta dalla parete?

Una volta ai lati delle finestre c'erano delle tende arancioni che Matilde aveva chiesto in regalo per i suoi tredici anni. Emma le considerava eccessive, ma l'aveva accontentata. Poi con il tempo si erano sfilacciate e scolorite e quando le aveva proposto di cambiarle Matilde stranamente non aveva avuto nulla da obiettare. Le sue fantasie cromatiche si erano esaurite. Ormai c'erano solo ordinarie tende bianche a caduta.

Emma si guardò intorno. Sembrava la cella di un monaco. Un ordine cosí anodino da risultare artefatto, come le foto sulle riviste d'arredamento. Matilde e il suo temperamento di ferro e carbonio non lasciavano tracce visibili nel luogo in cui abitava.

Si avvicinò alla cassettiera di legno accanto alla scrivania. Tutto faceva presumere che l'avesse blindata. La chiave invece era infilata nella serratura in alto a destra.

Emma frugò tra vecchie agende e ricambi di cancelleria. Non c'era niente di inconsueto, eccetto alcuni biglietti ferroviari di andata e ritorno in giornata per Cesena, con la data di qualche settimana prima. Controllò il timbro: erano stati convalidati. Possibile che fosse stata lí da sola, magari per fare qualche sopralluogo per l'università? Era l'ipotesi piú logica. Un prigioniero che prepara la via di fuga. I biglietti che teneva fra le mani vibravano dell'energia centrifuga di Matilde. Rimise a posto in fretta e uscí.

Una sera, mentre tornavano da una cena con una coppia di colleghi di Fausto che era stata un'agonia, Emma si sentí sopraffare. Voleva solo tornare a casa, spogliarsi e buttarsi subito sul letto. Invece il Lungotevere a mezzanotte era completamente paralizzato. Rimasero immobili in coda per cosí tanto tempo che la gente cominciò a scendere dalle macchine e a camminare per cercare di capire l'origine del blocco. Scese anche Fausto.

Erano a pochi chilometri da casa. Sul lato opposto del fiume si vedeva la facciata illuminata di Santo Spirito in Sassia, ancora dieci metri e sarebbe apparsa la cupola di San Pietro in fondo a via della Conciliazione. Ma per come si erano messe le cose avrebbero potuto restare fermi nel traffico un'altra ora, o magari di piú. Emma, sola in auto, scoppiò a piangere senza controllo.

Un paio di minuti dopo, tornando indietro, Fausto la trovò cosí, la testa appoggiata sulle ginocchia e i singhiozzi che le facevano sussultare la schiena.

Aprí lo sportello dalla sua parte. – Che succede?

Emma non riuscí a rispondere ma si lasciò abbracciare. Poi il traffico si rimise in moto. Fausto la appoggiò dolcemente sul sedile e si rimise alla guida. – Ti porto a casa.

Arrivarono in meno di cinque minuti. Fausto cercò a lungo parcheggio, quindi si allontanò individuando un posto a una certa distanza. Erano quasi a piazza Risorgimento. – Mi dispiace, – disse. – Dobbiamo camminare un po'.

– Non importa. Mi fa bene. Mi basta essere usciti da quel caos.

– Vuoi dirmi cosa c'è?

Emma tirò su col naso. – Non ne posso piú di essere sempre io quella che sbaglia. Pensavo a quando ho confessato ai miei di essere incinta. Io almeno per Matilde ho fatto il possibile. Ma non ho il diritto di essere sconvolta? Invece mi tratta come un'assassina.

– Eravamo cosí anche allora, no? – disse Fausto. Teneva entrambe le mani sul volante.

Lei lo fissò senza capire.

– Quella sera. Quando hai parlato ai tuoi. Ti ho aspettato in macchina sotto casa finché non mi hai fatto un cenno dalla finestra.

Emma sorrise appena. Al centro della piazza c'erano due tram fermi e spenti, e uno con le luci accese, che apriva e chiudeva le porte come se dovesse sbloccare il meccanismo inceppato.

Era il 9 ottobre del 1999, non l'aveva mai dimenticato. Ci pensava ogni anno anche se non ne faceva parola con nessuno, nemmeno con Fausto. Del resto, cosa avrebbero dovuto festeggiare?

Fausto l'aveva accompagnata sotto casa. Erano rimasti quasi un'ora a parlare d'altro, prima che Emma trovasse il coraggio di scendere dall'auto e avviarsi verso il portone.

Aveva cercato di convincere Fausto ad andarsene subito, senza aspettare. «Che rimani a fare, qui sotto? Dopo che gli avrò parlato, ammesso che ne abbia il coraggio, credi che possa dirgli che esco?» «Allora fammi salire con te. Voglio esserci». «Non dire assurdità. Si convincerebbero che sei il padre, se la prenderebbero con te». Oppure – ma questo a Fausto non l'aveva detto – penserebbero che mi sono fatta mettere incinta da uno, e adesso sto già con un altro. Una puttana. E sarebbe anche peggio.

«Allora resto qui», aveva aggiunto Fausto. «Ma a che serve?» «A sapere che ci sono. Che se tutto va male hai una via di fuga».

Alla fine Emma aveva trovato la forza di salire a casa e di mettersi a tavola, mandando giú il cibo come una sera qualsiasi. C'era una minestra di fagioli, sciapa e scondita.

Per tutta la durata della cena gli oggetti che aveva intorno le erano sembrati vivi, e pronti a denunciare la verità al posto suo. Cento volte era stata sul punto di rimandare la confessione perché le mancava il coraggio, e cento volte l'ambiente si era fatto piú ostile rendendolo impossibile. Alla fine aveva ceduto per sfinimento. Non aveva resistito all'assedio delle cose.

Non riusciva a ricordare le parole che aveva usato, non avevano lasciato in lei nessuna traccia. La reazione invece era stata indimenticabile. Per un tempo lunghissimo non era accaduto nulla. I suoi erano rimasti in silenzio, la tavola inglobata in una capsula di vuoto sibilante.

Nessuno dei due le chiese di ripetere, o mise in atto una reazione qualsiasi per elaborare l'incredulità. Urla, sconcerto. Niente. Quello che Emma aveva appena confessato non era altro che l'effetto naturale della sua pochezza.

Poi suo padre mise giú il cucchiaio, si passò il tovagliolo sulla bocca pulendosi i baffi con cura, spinse indietro la sedia con entrambe le mani e si alzò in piedi. Afferrò le chiavi dalla mensola accanto alla porta e uscí.

La guardò? E con che occhi? Emma non avrebbe saputo dire. Rimase a testa bassa e non sentí la madre muoversi, ma quando trovò il coraggio di sollevare di nuovo lo sguardo la vide seduta in poltrona in una posa che sembrava rilassata. Le spalle abbandonate sullo schienale, i gomiti sui braccioli, le gambe accavallate, e la vestaglia nera e leggermente aperta che scopriva le caviglie.

Poi però, come se la notizia fosse rimasta sospesa nell'aria per piombarle addosso dall'alto all'improvviso, rimise entrambi i piedi a terra con lentezza, quasi avesse bisogno di ancorarsi al suolo.

Intrecciò le dita delle mani davanti a sé in un gesto di pena, una supplica a un'entità invisibile. Disse solo: «Vai in camera tua. Lasciami pensare». E poi, sottovoce: «Non avrei mai immaginato che una cosa simile potesse capitare a me».

Emma rialzò la testa di scatto. Non è successo a te, è successo a me, pensò. Ma non disse nulla. Sapeva di avere perso il diritto di replica.

Fino all'ultimo sperò che passato lo choc le offrissero qualche forma di aiuto, invece nelle settimane successive ci fu solo il vuoto. Il rifiuto di ogni possibile condivisione dell'angoscia.

Emma aveva fatto cosí poco per Matilde? Non le sembrava. Nemmeno per un istante sua madre si sarebbe sognata di accompagnarla da un ginecologo, o di preoccuparsi per le sue analisi.

A ripensarci adesso era incredibile che Emma fosse stata in grado di ricucire un rapporto con loro, eppure era successo. Il merito era stato di Fausto che l'aveva portata fuori casa liberando i genitori della gestione del problema.

Aveva lasciato passare qualche giorno ed era andato a parlare con i suoi. Voleva sposare Emma in fretta. Non ci sarebbe stato alcun bisogno di dire che il figlio non era suo, avrebbe provveduto lui a farsi carico di tutto. I genitori si erano dovuti fidare, qualsiasi alternativa sarebbe stata comunque peggiore. In ogni caso Fausto era stato di parola. E anche se, con il tempo, la parte visibile dello strappo sulla membrana tesa e arida della famiglia si era ricomposta, niente aveva piú cancellato quell'amarezza irreparabile.

Dopo la confessione, in camera sua, Emma aveva cullato un pensiero di morte. L'idea di togliersi la vita aveva una sua disperata dolcezza. Cosa le aveva impedito di farlo? Forse l'evidenza che la freddezza dei suoi aveva almeno un merito: era un punto di non ritorno. Non avrebbe mai potuto deluderli piú di cosí.

Un tardo pomeriggio, all'uscita dal lavoro, Emma trovò Fausto ad aspettarla sotto l'ufficio. Non aveva avvisato che sarebbe passato, neppure un messaggio, ed era una cosa che non faceva mai.

– Che succede? – gli chiese in allarme.

– Niente. Però vorrei che stessi tranquilla.

– Perché sei qui?

– Avevo una riunione in centro, stamattina. Mentre uscivo Matilde mi ha chiamato. Dice che è partita, che vuole stare fuori per un po'.

– Come, partita? Dov'è andata?

– Non lo so. Ha detto che avrebbe potuto inventare una scusa, che aveva amiche che l'avrebbero coperta, invece non vuole mentire. Preferisce non spiegare.

Emma si mise a ridere in modo isterico. – Ma ti rendi

conto di cosa le permetti di fare? È incinta! È possibile che tu non sia in grado di imporle qualcosa?

Fausto aveva un'espressione opaca e malinconica. Senza guardarla direttamente, le disse: – Perché tu quando cerchi di importi ottieni dei risultati, Emma? Sono preoccupato anch'io, ma continuo a pensare che la strada migliore sia fidarsi di lei. Credo che abbia davvero bisogno di restare sola per prendere una decisione.

L'angoscia le chiuse la gola. Le sembrava che Fausto sapesse di piú e non volesse dirlo.

Gli si avvicinò e gli strinse i polsi. – Per favore.

– Non so altro, te lo giuro –. Emma chinò la testa. – Andiamo a casa, per favore. Ha detto che stasera appena arriva chiamerà.

– Hai almeno provato a fermarla?

– E come? Quali alternative abbiamo oltre a fidarci di lei? Però ti avverto: che siano credibili. Ormai è maggiorenne, e la scuola è finita.

Emma tirò fuori il cellulare dalla borsa e chiamò Matilde.

– Per favore, piantala. Non ti risponderà.

Lei lo fissò con il telefono all'orecchio. – Ma perché devo ascoltarti? – gli disse rabbiosamente. – È servito a qualcosa finora? Ha risolto qualcosa?

Il segnale cadde dopo un numero infinito di squilli. Emma riprovò.

Intorno a loro il traffico di via Veneto scorreva intenso. Il cielo era coperto. Avrebbe potuto cominciare a piovere da un momento all'altro.

– Dove hai la macchina? – chiese Emma bruscamente.

Fausto scosse la testa. – Ho preso la metro. Non avrei saputo dove lasciarla. Andiamo –. La sfiorò sotto il gomito e la spinse a muoversi verso la fermata.

Lei si avviò quasi senza accorgersene, concentrata solo sugli squilli a vuoto del telefono. La linea cadde di nuovo.

Dieci minuti dopo, all'ingresso della stazione, stava ancora tentando. Scesero le scale, Emma riprovò. Imboccarono la galleria che portava ai treni, gli squilli cessarono con un suono secco. Staccò il cellulare dall'orecchio e osservò lo schermo. Aveva perso il segnale.

Si mescolarono alla gente nel vagone. Non c'erano posti a sedere. A ogni scossa il corpo di Emma franava su quello di Fausto come se il treno volesse imporre un contatto forzato tra loro. Ogni volta lei si ritraeva.

A casa cenarono con quello che c'era, senza nemmeno accendere un fornello. Del prosciutto e un pezzo di formaggio.

Alle otto e trenta il telefono di casa squillò. Sollevarono insieme la testa dal piatto. Suonava forse una volta alla settimana, quando chiamavano i genitori di Emma, oppure il gestore telefonico con un messaggio automatico per ricordare una bolletta scaduta. Per il resto era un oggetto inutilizzato.

Emma corse a rispondere. Non aveva nessuna speranza che fosse Matilde.

Dall'altro capo una voce disse: – Emma –. Il tono era fermo, nessuna inflessione interrogativa.

Irene si materializzò accanto a lei, cosí come la ricordava. Alta, magrissima, tutta la forza concentrata nelle mani squadrate e quasi maschili. Una ragazza talmente sottile che si sarebbe potuto pensare fosse facile metterla da parte. Invece niente la spostava contro la sua volontà.

Emma ebbe paura. Non aveva le risorse per sopportare anche questo. Aprí la bocca per rispondere, e proprio allora Irene disse: – Matilde non voleva che ti chiamassi, ma le ho detto che questa è l'unica condizione che pongo perché si fermi qui. Che tu sappia che sta bene, e che è con me.

Parte seconda

11.

Irene, seduta dietro la scrivania, sembrava identica. Il viso era appena piú largo, come se avesse guadagnato qualcosa in fermezza, per il resto era la stessa di allora, a parte l'abito che Emma non le aveva mai visto addosso. La testa però era scoperta, senza velo.

Non sorrideva. Era in attesa.

Aveva un libro aperto davanti a sé, forse un registro, e una matita di traverso sulla pagina. I gomiti poggiavano sul volume e le mani erano intrecciate in una stretta salda, forse studiata per impressionare.

Emma era determinata a parlare per prima. L'abitudine alle buone maniere la tradí. – Grazie per avermi avvisato.

Le bastò dirlo per sentirsi messa all'angolo. Eppure era lei quella che aveva tutti i diritti di essere furiosa per ciò che stava accadendo, anche al netto del passato, e delle colpe di Irene, che erano irrimediabili.

– Non avevo alternative, – rispose l'altra. – Sei sua madre.

A differenza del viso, la voce era molto cambiata. Il timbro si era abbassato e aveva preso una coloritura austera. Era cosí sorprendente che Emma si meravigliò per non averlo notato al telefono, la sera prima.

Poi, senza preavviso, una fitta di dolore le perforò la nuca. Durante l'ultimo tratto di strada aveva avvertito l'arrivo di un attacco di emicrania, e da mezz'ora sentiva crescere un malessere discontinuo.

Un raggio di calore la colpí in mezzo alla fronte. Strizzò gli occhi per un paio di secondi, le immagini erano offuscate. Li riaprí e si accorse che Irene si sporgeva sulla scrivania verso di lei.

– Che ti succede?

– Niente. Voglio vedere Matilde.

– Sei molto pallida. Aspetta, ti porto dell'acqua.

Uscí velocemente dalla stanza.

Emma si accasciò su un bracciolo. Non sentí Irene aprire la porta e non la sentí rientrare. Un minuto dopo era accanto a lei con un bicchiere in mano.

L'amara ferocia della simmetria, pensò. La stessa identica scena di diciott'anni prima. Irene in camera sua, china verso di lei con un bicchiere d'acqua in mano, che diceva di volerla aiutare. La certezza di Emma di potersi fidare. Era strano pensare che in fondo anche allora tutto ruotava intorno a Matilde.

Una nuova fitta la obbligò a strizzare gli occhi. Li coprí con i palmi delle mani.

– Tu non stai bene, – disse Irene.

Emma tolse le braccia dal viso. – Lasciamo perdere la mia salute. Voglio vedere mia figlia. Voglio sapere perché era qui, come ha scoperto dov'eri, e soprattutto cosa pensa di volere da te.

Irene si sollevò e appoggiò sul tavolo il bicchiere. Poi fece il giro della scrivania e si rimise a sedere al suo posto.

– Sono quasi le stesse domande che potrei farti io. Non mi ha spiegato nulla. Si è fermata poco e ha parlato anche meno, perché era certa che saresti arrivata. Ieri sera ha dormito qui, e stamattina ha preso la corriera per Arezzo.

– L'hai lasciata andare?

– Le ho proposto di fermarsi, ma era molto decisa.

– Sai che è incinta?

– È stata la prima cosa che ha detto.

– Ha appena diciotto anni.

Irene sorrise, e si appoggiò allo schienale.

Emma scattò con rabbia. – Cos'hai da ridere? Ti sembra normale?

– Scusami, non volevo essere indelicata e cerco di non giudicare. Posso dirti che mi ha dato l'impressione di essere molto consapevole di sé. Non è la prima ragazza in queste condizioni che si presenta qui. Sono sempre spaventate, com'è normale che sia. Forse lo era anche lei, ma pareva in grado di affrontare il problema in modo razionale. In ogni caso non abbiamo parlato a lungo. Non escludo di sbagliarmi.

– Ti avrà detto dove aveva intenzione di andare, con chi?

– No, nulla. Solo che forse mi avrebbe chiamato nei prossimi giorni. Voleva chiedermi delle cose.

Emma avvertí una fitta di gelosia, poi di spavento. Non si rassegna, pensò. Vuole sapere dell'aborto, e viene direttamente alla fonte.

Si sollevò sulla sedia, stringendo forte il bracciolo. – Non ti credo. Deve essere ancora qui. Tu la nascondi.

– Perché dovrei fare una cosa del genere? E soprattutto perché ti avrei chiamata, se avessi voluto questo? Ti garantisco che non è qui.

Emma non seppe cosa rispondere. Uno strazio appuntito le opprimeva lo stomaco. Poi avvertí una nuova fitta in mezzo agli occhi. Non riuscí a trattenere un lamento breve.

– Hai bisogno di stenderti, per favore, – disse Irene e tornò al suo fianco.

La strinse per aiutarla ad alzarsi, ed Emma riconobbe la presa salda e forte delle sue dita, che ricordava benissimo. Cercò di tenerla distante, ma perfino un gesto cosí semplice le risultò impossibile. Le fitte peggioravano, ma era l'insulto di sentire Irene vicina e dipendere ancora in quel modo da lei a risultarle insopportabile. Oppose resistenza, durò poco. Era tutto troppo grande per la riserva di forza che le restava. Smise di dimenarsi, e accettò di lasciarsi accompagnare fuori dalla stanza.

12.

Matilde scese dalla corriera alla stazione di Arezzo. Era mezzogiorno. Non aveva nessuna idea di dove andare ma non era pronta a tornare a casa. Passeggiò senza meta per un'ora, si spinse fino in periferia, infine tornò verso il centro e trovò una stanza per passare la notte. Aveva bisogno di dormire.

La mattina successiva si svegliò molto presto e con le idee finalmente chiare sulla destinazione. Intorno alle otto salí sul primo treno diretto a Firenze. Non c'erano Frecce disponibili su quella tratta, ma non le dispiacque, poteva tenersi in tasca qualche soldo in piú. Si accontentò di un regionale.

Il treno era sporco e quasi vuoto. Il vagone oscillava instabile sulle rotaie con un frastuono assordante. Matilde gettò lo zaino accanto al finestrino e si lasciò scivolare sul sedile. La notte non l'aveva aiutata a superare la delusione per quello che era successo. Ancora una volta si sentiva defraudata di qualcosa di suo.

Era riuscita a parlare con Irene e le cose erano andate in modo molto diverso da come si aspettava. Credeva di essere lí perché aveva capito che c'era qualcosa di sua madre che solo quella donna avrebbe potuto dirle. Invece per tutta la durata del viaggio l'idea della sua gravidanza l'aveva assillata, come se avesse avuto bisogno di qualche settimana per diventare tangibile. Al tempo stesso le mancava ancora la consapevolezza fisica. Le pareva una messinscena. La percezione del suo corpo non era cambiata, e tutto sembrava innaturale, artefatto. Ogni tanto, per brevi istanti, avvertiva una traccia flebile, sottile e intermittente. Qualcosa che veniva da uno spazio invisibile e cavo dentro di lei.

Quando finalmente aveva incontrato Irene, invece di chiederle di Emma, per prima cosa le era uscita di bocca la verità. «Sono incinta». Forse aveva la necessità di testarla, forse di provocarla. Però si era pentita subito. Cosa poteva aspettarsi da una suora? Irene invece non si era scomposta. «Che pensi di fare?» E la domanda aveva sorpreso cosí tanto Matilde da farle dimenticare il resto. Aveva trovato quello che le serviva. Uno spazio di sincerità senza giudizio, e un ascolto rispettoso, soprattutto libero dall'inquietudine.

Su una questione però Irene era stata irremovibile. «Puoi rimanere quanto vuoi, ma tua madre deve sapere che sei qui», e non c'era stato verso di farle cambiare idea. Matilde aveva dovuto mandare giú la frustrazione. A quel punto aveva capito che non avrebbe potuto restare. Sapeva che Emma sarebbe arrivata.

Il vagone lentamente si stabilizzò. Il rollio si disfece in una vibrazione metallica e il cigolio perse energia. La distanza che si allargava fra lei e sua madre le restituí tranquillità.

Il treno fermò in tutte le stazioni senza saltarne una. A Firenze Matilde scese a mangiare un panino e salí su un diretto per Bologna. Da lí ancora un locale per raggiungere Cesena.

Rintracciare Irene non le era costato molta fatica, aveva chiamato sua nonna. Strano che l'argomento non fosse mai saltato fuori in precedenza. Agata sembrava attendere da anni l'occasione per dire la sua.

«Non mi è mai piaciuta. Non basta chiudersi in convento per la santità, e anche prima era chiaro che si trattava di una squilibrata. Comunque non so piú niente di lei da vent'anni».

«Quale convento?»

«Non ne ho idea».

«Non conosci la famiglia?» si ostinò Matilde. La sentiva intenta a mettere ordine. Il rumore cresceva di intensità. Posate, vasellame, ante accostate senza grazia. Una donna condannata a un moto franoso, come una valanga che si gonfia lungo il pendio di una montagna.

«Mi pare che fosse orfana di padre».

«Un cognome, almeno».

«Matilde, ti dico che non ricordo. Forse la madre vive ancora da queste parti, la vedo ogni tanto a messa. Ma potrei sbagliare».

Matilde insistette e alla fine Agata accettò di chiamare il parroco, che capí subito. La madre di Irene era ancora molto attiva nella comunità del quartiere. L'uomo le telefonò, e lei non si sottrasse alla richiesta di incontrare Matilde.

Si erano viste un paio di settimane prima, nel tardo pomeriggio, sugli spalti del campo da calcio dietro la chiesa. Il cemento ocra era scolorito e pieno di crepe. Sullo sfondo l'abside in mattoni gettava un'ombra che si allungava sulla tribuna opposta.

La madre di Irene era arrivata per prima. Matilde la individuò appena passato il cancello dell'oratorio. Lei si voltò sentendola arrivare. Era una donna minuta, il genere di creatura pavida e vibrante, sempre in oscillazione. Gli occhi scuri, le sopracciglia sottili, un viso arrossato e senza trucco. Le mani erano bollenti, come se tutto il sangue del corpo le defluisse nei palmi. Matilde se ne accorse perché, quando tese la sua per presentarsi, la donna in un impeto la strinse forte avvolgendola tra le braccia. Matilde avvertí il calore intenso attraverso il tessuto della camicia.

«Me la ricordo bene, tua madre, – le disse, continuando a tenerla stretta per le spalle. – E mi ricordo anche di te».

Matilde ebbe una reazione di sorpresa. «Davvero?»

L'altra annuí con vigore. «Mi venne a trovare pochi mesi dopo i fatti, sai di cosa parlo. Irene era entrata da poco...» fece un cenno d'intesa sollevando il mento, come riferendosi a un segreto che sarebbe stato inopportuno pronunciare ad alta voce. «Tu avevi tre o quattro mesi. Dormivi. E per tutto il tempo sei rimasta completamente immobile. Nemmeno un sospiro, un tremito. Sembrava che avessi lasciato il corpo. Credo di essermi anche spaventata. Ma Emma disse: no, lei è sempre cosí. Non ti accorgi nemmeno che c'è».

Poi chinò il capo. «Non ce l'ho con Emma, anche se non l'ho piú sentita. La capisco. Io stessa ho fatto tanta fatica ad accettare. La fede aiuta fino a un certo punto».

Le fece un breve resoconto a testa china, con le mani intrecciate sulle ginocchia.

È curioso, pensava Matilde ascoltandola. Una donna molto cattolica che frequenta la parrocchia quotidianamente. Sua figlia si converte all'improvviso, e lei ne parla come se fosse una disgrazia.

«Non so bene perché sia accaduto. Irene era davvero l'ultima persona al mondo che potesse fare una cosa del genere. Da quando ha compiuto dodici anni non ha piú messo piede in chiesa. Testarda, un vero mulo. E poi è finita cosí. Mi dicono che dovrei essere felice». La guardò come in attesa del suo permesso. «Dovrei, vero?»

Chissà quante volte il prete l'ha consolata in quel modo, pensò Matilde. Chissà se ha mai funzionato.

«Suppongo di sí, – concluse l'altra senza attendere risposta. – Un figlio trova Dio e si lascia tutto alle spalle. Devo essere contenta per lei». Si zittí, guardando verso il lato opposto del campo. «Però io sono vedova da trent'anni, non ho avuto altri figli. A me non è rimasto niente, e ci devo fare i conti ogni giorno».

La abbracciò di nuovo, scusandosi. «Devo scappare».

«Un momento», la trattenne Matilde. Ripensò alle parole di sua madre. Era stata Irene a impedirle di abortire?

«Dove vive ora?»

La donna si alzò. «Perché vuoi saperlo?»

Matilde cercò di mostrarsi innocua, sorrise. Valutò l'ipotesi di mentire, ma non era da lei.

«Mi piacerebbe incontrarla. Se vorrà».

«Non è facile».

«Immagino, ma vorrei provare lo stesso».

La donna continuava a tacere, e nello spazio di quel silenzio Matilde si rese conto che il desiderio di incontrare Irene ormai non era piú una vaga curiosità. La madre che conosceva non avrebbe mai scelto di abortire, a nessun costo. Mentre la donna che diciotto anni prima aveva cercato di farlo, ammesso che fosse vero, era una persona di cui Matilde ignorava tutto. Forse Irene avrebbe potuto parlargliene.

«Sono incinta», disse bruscamente.

La donna fece un passo indietro sollevando le mani. «Come? Cosí giovane?» Poi incrociò le braccia sul petto e le tenne lí. «Va bene, allora. A volte accolgono dei pellegrini, hanno una foresteria. Però dovresti chiamare, prima».

«Lo farò».

«Monastero di San Damiano, vicino Città di Castello. Sono clarisse».

Matilde lo cercò sul cellulare. «Questo?» chiese mostrandole l'immagine di un edificio allungato e stretto. Dal chiostro centrale spuntavano le cime di tre cipressi altissimi.

La donna puntò il dito verso lo schermo. «Questo, sí. Vado a trovarla due volte l'anno. D'inverno no, fa troppo freddo. Ma in primavera la luce è una benedizione».

13.

Emma aprí gli occhi. Era stesa su un lettino, senza scarpe, con una coperta leggera appoggiata fino alle spalle. Non avrebbe saputo dire come fosse arrivata lí. Sul comodino una lampada accesa le permetteva di distinguere i mobili della stanza. Tutto intorno c'era un silenzio di piombo.

Il letto addossato alla parete era corto e la conteneva a malapena. Accanto ce n'era un altro identico, con un copriletto a fiori di tessuto sintetico. Su una sedia le parve di riconoscere la sua borsa.

Buttò i piedi fuori dal letto. Il mal di testa non era passato e si era diffuso. Scendeva a grappoli dalle tempie alla nuca, ma era piú distribuito e tollerabile.

Si alzò per raggiungere la borsa, aveva bisogno di sapere l'ora. Tirò fuori il cellulare che era scarico. Frugò senza trovare il cavo. Ricordò vagamente di averne uno di riserva in auto.

Spalancò le imposte della finestra sollevando un gancio di metallo. La luna era coperta e invisibile; il buio all'esterno, assoluto. Solo il fruscio del vento le faceva intuire la presenza di un bosco nelle vicinanze. L'alito dell'aria che passava tra i rami produceva un ronzio, o forse era il ricordo degli alberi che aveva visto dalle finestre qualche ora prima.

Uscí in corridoio e accese la luce esterna. Diverse porte di legno scure si susseguivano a un metro di distanza l'una dall'altra. Dal lato opposto una fila di finestre con i battenti chiusi. Sembrava un ambiente disabitato.

Le tornò in mente che la suora all'accoglienza, qualche ora prima, le aveva parlato di una foresteria. Doveva essere lí. Non nel monastero, ma nella sua appendice destinata a ospitare pellegrini. E come le aveva detto la suora, in quel momento non c'erano ospiti. Era sola.

Tornò indietro, scese una rampa di scale, si ritrovò nel salottino dove aveva atteso quella mattina, appena arrivata. Aprí il portone. Riconobbe il piazzale in cui aveva parcheggiato. La sua auto era ancora sotto il graticcio ricoperto di fasci d'edera strappati, immobile e isolata.

Afferrò una sedia e la appoggiò contro la porta. Non voleva correre il rischio che sbattesse per un colpo di vento chiudendola fuori in piena notte.

Esitò sulla soglia guardando verso l'alto. Il cielo non era il fondale di cartone che vedeva sempre in città, luci puntiformi lontane e posticce. Era nero, di una densità compatta e piena di stelle che vibravano come se galleggiassero su un'acqua scura.

Il fruscio leggero che dalla finestra della sua stanza le aveva restituito il rumore degli alberi adesso smuoveva appena la polvere secca al suolo.

Si rese conto di essere scalza. Le pozzanghere si erano asciugate, e intorno al perimetro della piazza si allungava stentata un'aiuola. Si sforzò di camminare sull'erba. Raggiunse la macchina e aprí lo sportello. L'orologio del cruscotto segnava le due e quaranta del mattino.

Sedette in auto frugando in cerca del cavo del caricabatterie, lo trovò. Tornò indietro dando un giro di chiave a tutte le porte fino alla sua stanza. Erano aperte prima? Nessuno chiudeva la notte? Non ne era sicura.

Su un angolo del tavolino sotto la finestra trovò due

asciugamani impilati. Si fece una doccia veloce sciacquandosi i piedi con cura, poi si buttò a letto.

Il dolore alla testa si era fatto familiare, le teneva quasi compagnia. Si addormentò di nuovo, senza sforzo e senza sogni.

Matilde arrivò a Cesena poco prima di mezzogiorno.

C'era stata diverse volte, negli ultimi mesi, perlopiú andando e tornando in giornata. In quel posto riusciva a vedersi adulta, qualcuno che non ha l'obbligo di dare spiegazioni.

Di nuovo avvertí acuta la consapevolezza del figlio che aspettava. Il pensiero di lui – o di lei, questo non poteva saperlo – le incurvò le spalle.

Uscí dalla stazione. Era strano che tante cose del suo passato e del suo futuro dipendessero da quella cittadina della Romagna, all'estremo confine della Pianura Padana. Un posto che a malapena aveva sentito nominare, e in cui non era mai stata fino a qualche mese prima.

Aveva piovuto, anche se forse non con la stessa violenza del giorno prima a Città di Castello. Non c'era segno di danni, ma un cielo antracite pesava dall'alto, opprimente.

Al lato opposto della strada si apriva uno slargo. Sullo sfondo si intravedeva una struttura prefabbricata bassa e lunga, grigio chiaro, sormontata da una ciminiera sottile di mattoni. Aveva l'aria di un complesso industriale riadattato. Il portone si apriva nella lamiera come se l'avessero intagliato con delle cesoie. In alto c'era un'insegna: «Università degli Studi di Bologna. Campus di Cesena». Aveva già visto decine di edifici simili sparsi in tutta la città.

Proprio di fronte alla stazione, affacciato sulla strada, un palazzo quadrato, severo come un'architettura sovietica, ospitava al piano terra un negozio e un bar. Era lí che aveva bevuto qualcosa con Eugenio la prima volta che era venuta a trovarlo. Portò una mano al ventre. La presenza del figlio si mescolò al ricordo di quegli incontri.

Imboccò viale Europa e lo percorse a passo svelto. Aveva fissato un incontro per visitare un paio di appartamenti, mancavano ancora due ore. Avrebbe dovuto nascondere la verità, naturalmente. Che aveva ancora un intero anno di scuola da frequentare, per non parlare della gravidanza. Forse era un azzardo, non le importava. Voleva prendere confidenza con la città, acquisirne il respiro.

Roma ormai per lei era un macigno. Troppo grande e irriguardosa. Voleva un posto come quello, dove finalmente allargare i polmoni senza sentirsi oppressa dalla folla e dal caos.

Mentre camminava verso il campus prese la decisione di restare a dormire a Cesena. Incrociò quasi subito un piccolo albergo dipinto di arancione. Modesto, non una bettola. Controllò i prezzi cercando il sito dell'hotel sul cellulare. Erano accessibili, cosí entrò e prese una singola. Salí a lasciare lo zaino per camminare piú libera e si rimise in cammino.

Sul lato destro del viale che dava verso i binari gli edifici si diradavano mano a mano che procedeva. Aveva fatto quella passeggiata diverse volte. La prima perché aveva sbagliato strada, e poi perché quel tratto deserto e abbandonato le era diventato familiare e quasi intimo.

Strutture industriali abbandonate, e in alcuni casi anche parzialmente smantellate. Dietro i cancelli, in origine dipinti di bianco ma ormai corrosi da larghe scaglie di ruggine, c'erano materiali ammucchiati, pannelli e rotoli di cavo con le guaine protettive strappate da cui uscivano fili elettrici ispidi e colorati.

In mezzo a quella desolazione, una casetta dei primi del Novecento segnava il confine tra due cantieri abbandonati. In ottime condizioni, dipinta di rosa, a due piani. Era il genere di edificio che per molto tempo doveva essere rimasto completamente isolato, costruito prima delle industrie e delle ferrovie. Una sorta di eremita dignitoso che quaranta o cinquant'anni prima aveva assistito alla crescita della foresta di fabbriche e rotaie tutto intorno, e quando queste erano scomparse era sopravvissuto. Non in rovina, come ogni cosa che lo circondava, e neppure male in arnese, ma ben tenuto, con un bidoncino dell'umido educatamente allineato al cancello sul bordo della strada, in attesa del ritiro. Una palazzina impettita in mezzo allo sfacelo. Come a dire: io c'ero, ci sono ancora, e a malapena mi sono accorto di voi.

Emma si risvegliò di nuovo qualche ora dopo. Irene le scuoteva leggermente la spalla.

– Come ti senti? – chiese.

Lei si strofinò gli occhi, senza rispondere. Poi guardò verso la finestra che aveva lasciato aperta. Era ancora buio. Doveva essere molto presto.

– Puoi venire con noi, se vuoi.

Si tirò su a sedere. – Voi chi? E dove?

Irene le indicò la sua roba ammucchiata sulla sedia. – Ti laverai dopo, ora vestiti. Ti aspetto sotto.

Emma obbedí intontita. Si infilò maglietta, pantaloni e scarpe, e scese le scale. Uscí all'aperto. Irene era in attesa. Aveva indosso un mantello bianco, leggero, con il cappuccio alzato sulla testa.

Le fece cenno di seguirla. Costeggiarono il perimetro della chiesa ed entrarono dal portale appena accostato.

All'interno la navata era buia, ma in fondo, dietro l'altare, l'abside risaltava illuminato al di là di una grata che lo separava dal presbiterio.

Da un accesso laterale stavano entrando diverse suore. Passando la soglia si inchinavano verso il tabernacolo e raggiungevano il loro posto guardando fisso davanti a sé.

Quando Irene ed Emma arrivarono all'altezza della grata, Irene aprí il cancello e la invitò a entrare.

Emma esitò. Era cosí evidente la natura di reclusione di quello spazio dietro l'altare dove si andavano sedendo le monache che non riusciva a capire perché Irene le chiedesse di unirsi a loro. Le sembrava che il posto di un laico dovesse essere fuori. Nella navata semmai, seduto in disparte. Fece per parlare, ma l'altra si portò l'indice alla bocca. Poi ripeté l'invito.

Emma non oppose resistenza. Pensò che Irene stesse cercando di distrarla. Valutò di uscire dalla chiesa e tornare in camera, ma poi le parve che la cosa migliore fosse rimanere lí a raccogliere le idee. Quel posto poteva aiutarla a pensare. E forse Irene, dopo, le avrebbe parlato di Matilde. Non era il caso di contrariarla.

Sedette sullo stallo esterno, il piú lontano possibile dalle altre.

Le suore immobili, con le mani incrociate in grembo, formavano una composizione inespugnabile, una falange sacra. Nessuna di loro rilevò la sua presenza, né sembrò stupirsi.

Irene chiuse il cancello e andò a sedere sullo stallo al centro esatto del coro, che divideva in due parti equidistanti i bracci semicircolari.

Attesero in silenzio ancora qualche minuto. Altre due compagne si unirono, poi il flusso si fermò.

Emma contò undici suore. Due molto giovani, quattro di mezza età, compresa Irene, e per il resto tutte piuttosto anziane. Una, in particolare, pareva inerte. Il respiro impercettibile la faceva vibrare appena. Aveva il dorso curvo come certe vecchie di paese, un legno torto.

Poi Emma si accorse che una suora si era avvicinata porgendole qualcosa, senza cercare in nessun modo di attirare la sua attenzione. Le braccia tese, aspettava.

Emma raccolse l'offerta: un libro di preghiere e un foglietto dove era scritto a mano un elenco di salmi. La suora lasciò che Emma aprisse il libro, l'aiutò a scorrere le pagine fino al primo salmo indicato sul foglio, il sessantasei, e puntò l'indice. Poi rientrò al suo posto.

Solo allora Irene si alzò in piedi, e le altre la seguirono. E dalla gerarchia nei movimenti Emma ebbe la conferma di ciò che aveva già sospettato il giorno prima, incontrandola in ufficio. Doveva essere a capo di quella congregazione.

La suora che le aveva porto il libro di preghiere sedette dietro una tastiera che poggiava su un supporto di metallo, e cominciò a suonare.

Erano quasi vent'anni che Emma non metteva piede in chiesa. Aveva smesso definitivamente lasciando la casa dei genitori, quando era nata Matilde, ma neppure prima si era mai sentita molto cattolica. Era sempre stato un atto di compiacenza per evitare contrasti con i suoi, perché il conflitto le pesava.

Anche per questo si era avvicinata a Irene, all'inizio, quando si erano conosciute. Aveva dissipato in lei le ultime resistenze confessionali che ancora si portava dietro.

Sollevò appena lo sguardo. Era surreale vederla adesso sotto quel cappuccio e pensare a ciò che era stata e a cosa le aveva insegnato. A prendere le distanze dal rito, nella forma e nella sostanza. A farsi sempre molte domande sulla pressione delle aspettative. A interrogarsi sul senso della libertà.

Scacciò l'immagine. Non aveva intenzione di lasciarsi tirare dentro a quel flusso di memoria. Niente al mondo le interessava meno della conversione di Irene. Era lí per trovare Matilde, se possibile per ragionare con lei. Per bloccare quella fuga insensata, per spiegarle che non era il nemico. E se assistere a quel teatrino salmodiante poteva convincere Irene a darle le informazioni che le servivano, si sarebbe adattata.

Provò a concentrarsi sul significato dei versi. Le parve la solita litania di inni e prostrazioni, ma un passo la colpí.

«O Dio, che ci hai messi alla prova; ci hai purificati come si purifica l'argento. Ci hai fatto cadere in un agguato, hai stretto i nostri fianchi in una morsa».

È questo il vostro Dio?, pensò. Allora sta guardando verso di me, perché è cosí che mi sento. Mi mette alla prova. Serra i miei fianchi e tende agguati, come un malfattore.

L'immagine era talmente precisa che Emma si ritrovò ad assecondare il ritmo delle monache pronunciando la strofa sottovoce, cantando piano. Prestò attenzione anche ai salmi successivi, che il coro recitò a voce alta e solenne e con un ritmo lento, ma all'apparenza Dio non aveva altri messaggi per lei. Infine le lodi mattutine si conclusero e tutte lasciarono il coro in due file ordinate, inchinandosi di nuovo verso il tabernacolo.

Emma rimase sola senza sapere cosa fare. Intuiva che non avrebbe potuto seguire le suore all'interno del monastero, a meno che qualcuno non gliel'avesse detto esplicitamente. Ma nel coro non c'era piú nessuno. Si avviò all'uscita della chiesa.

Si fermò sulla soglia. Il sole era sorto e cominciava a scaldare l'aria. Per un momento dimenticò Matilde e fu sola, la testa vuota e limpida.

Durò pochissimo, poi la paura tornò a crescere dal basso riempiendo ogni cavità, come l'acqua che sale in una barca sfasciata sul punto di affondare.

Matilde affrettò il passo. Sapeva che avrebbe trovato chiuso il campus, perché l'edificio destinato a ospitarlo era ancora in ristrutturazione, ma voleva vederlo prima di dedicarsi ad altro. Era stato costruito a ridosso dell'estrema periferia industriale, riadattando uno zuccherificio, e l'inaugurazione era prevista per settembre. Non si era mai spinta fino a quel punto, prima. Tutto ciò che sapeva l'aveva visto in rete.

Attraversò una piccola rotonda da cui si diramavano diverse stradine residenziali. Piú tardi avrebbe visitato qualche stanza in affitto nei dintorni.

La periferia le piaceva. Amava l'idea di abitare in un quartiere anonimo, senza particolari attrattive, lei che era cresciuta a due passi da San Pietro schivando mandrie di turisti in transito. Si vedeva uscire di casa la mattina in bicicletta e raggiungere l'università in pochi minuti. In quello spazio urbano geometrico e anonimo riusciva a pensarsi come un'adulta.

Infilò un passante pedonale sopraelevato, costeggiato da una pista ciclabile, e davanti a lei comparve il campus.

Raggiunse la struttura principale e, come immaginava, la trovò chiusa; nessun segnale di attività, nemmeno all'esterno. Non c'erano veicoli parcheggiati fuori, a eccezione della macchina blu e bianca di una compagnia di vigilanza. Avvicinandosi alle vetrate oscurate Matilde intravide la portineria vuota, e diversi materiali d'arredo ancora accatastati negli angoli.

Poi dall'altro lato del vetro si materializzò il viso di un uomo. Una guardia. Aprí la porta a spinta e le sorrise.

– Scusi, – disse Matilde, indietreggiando. – Ero solo curiosa. Immagino che non si possa entrare.

– Ti faccio dare un'occhiata dalla porta, se vuoi. Ma entrare no, non è possibile.

Matilde fece un passo in avanti rimanendo ferma sulla soglia. Avvertí forte l'odore di plastica e imballaggio, quello della pittura ancora fresca sui muri. Non avrebbe piú visto quell'edificio cosí, silenzioso e deserto. Era il suo battesimo.

E allora di nuovo le venne in mente il figlio.

Sei un nemico?, gli chiese in silenzio. Devierai la mia strada e ti metterai tra me e quello che ho scelto, o sarai una forma di potenza? Si rese conto di essersi rivolta direttamente a lui come se potesse sentirla. Non l'aveva mai fatto fino a quel momento.

Ringraziò la guardia e uscí.

Emma rientrò in camera e andò a lavarsi.

Mezz'ora dopo venne a cercarla la suora che l'aveva accolta il giorno prima. Le disse di chiamarsi Felicita, e la pregò di seguirla. – Per i pasti, vieni. Ti mostro.

Emma le andò dietro. Non aveva voglia di perdere tempo a mangiare, ma era a digiuno da quasi ventiquattr'ore. Oltretutto intorno al monastero non c'era nulla.

La suora imboccò il corridoio, fermandosi accanto a un cucinino posto in una cavità del muro. – Se vuoi farti un caffè, o un tè, qui trovi tutto quello che ti serve –. Poi riprese a camminare e spalancò la porta in fondo al corridoio. Era una sala da pranzo.

– Qui puoi sederti a mangiare. Sulla mensola trovi sale, olio, pepe e aceto. Il cibo invece arriva qui, – e si spostò in una stanzetta attigua, occupata quasi interamente da un enorme armadio a quattro ante. – Il montacarichi, – disse appoggiando la mano aperta contro lo sportello. – Quando senti il campanello, il cibo sale. Finché il meccanismo è attivo non toccarlo o si blocca. Nel momento in cui si ferma puoi aprire –. Spalancò un'anta tirando fuori un cestino con qualche fetta di pane, un vasetto di marmellata e le posate avvolte in un tovagliolo. – Il pranzo è all'una. La cena alle sette e mezzo. Quando hai finito rimetti tutto dentro e chiudi bene lo sportello, altrimenti non parte. Poi suoni il campanello qui, vedi? – Le indicò un interruttore. Emma annuí.

– Buon appetito, – aggiunse sorridendo.

– Devo vedere Irene, – disse Emma, per paura che l'altra sparisse.

– È fuori fino a stasera. Ha lasciato detto che piú tardi, se credi, potete parlare.

– Piú tardi quando?

– Immagino che tornerà verso le sei.

– E cosa faccio nel frattempo? – chiese Emma, irritata.

La donna indicò fuori dalla finestra. – Se decidi di scendere in paese basta seguire la strada, subito dopo la curva. Vedi la cupola di Santa Martina? Il centro è lí. Oppure, se prendi il vicolo sterrato di fronte all'ingresso, raggiungi il bosco. Qui non ci sono pericoli.

Emma chinò il capo. Sarebbe servito a qualcosa alzare la voce? Matilde in quel momento poteva essere ovunque. Forse non aveva senso restare lí dentro, ma era anche possibile che Irene avesse delle informazioni. Prese la decisione di aspettare.

– Suor Irene dice che se desideri pregare ancora con noi, puoi farlo. L'ora media è alle tre, e i vespri alle sei e mezzo.

Emma non rispose. L'altra attendeva come se davvero si aspettasse di vederla accettare. Fece segno di sí solo per tagliare corto.

– Se vuoi meditare, ti autorizza anche a entrare nel chiostro, a patto però che rispetti il silenzio. Non rivolgere la parola a nessuno, loro non la rivolgeranno a te. Va bene?

Emma di nuovo annuí.

– Allora vieni. Ti mostro come si entra.

Scesero una breve rampa di scale e sbucarono nel chiostro. – Ecco, – disse la donna, a voce cosí bassa che Emma quasi non riuscí a sentirla.

– È qui. Porta la Bibbia con te, la trovi sul tavolo in camera tua. Non entrare nel monastero, per favore. E quando hai finito, torna indietro per la stessa strada da cui siamo venute.

Emma rimase ferma sulla soglia mentre l'altra si allontanava. Pensò alla Bibbia sul tavolo, le venne da ridere. Ma il chiostro era bello, ed ebbe voglia di mettersi a passeggiare sotto le volte.

Fece due giri osservando i dettagli con attenzione.

Il chiostro doveva essere trecentesco, forse anche piú antico. Era piccolo, semplicissimo, a eccezione del portale in marmo che dava accesso all'esterno, decorato da quattro colonnine tortili e da qualche sparsa tessera a mosaico, che le sembrò la versione povera di certe decorazioni cosmatesche di tante chiese di Roma sul Celio o sull'Aventino.

Se lo aspettava pieno di fiori, almeno nell'area scoperta, specie in quella stagione. Invece c'erano solo cespugli incolti e tutto intorno, distribuiti in modo irregolare, tre cipressi. Pensò a Fausto, a cosa avrebbe ricavato da un posto del genere.

Poi, sul lato opposto, vide camminare tra le arcate due suore che non aveva sentito avvicinarsi. Guardavano verso il basso, affiancate e sincrone. Nessuna delle due sollevò la testa davanti a sé o verso di lei. Si muovevano in uno spazio non condivisibile, diverso dal suo.

Le venne un pensiero fulmineo: è spaventoso vivere cosí. Vicine, senza potersi rivolgere la parola, o toccare.

Le seguí con lo sguardo mentre si allontanavano, dirette verso un portoncino stretto e scuro. Una delle due, la piú giovane, rimase un passo indietro per lasciare che l'altra attraversasse la soglia per prima. Poi anche lei si infilò al seguito salendo il gradino di accesso, e si richiuse la porta alle spalle. Nulla di tutto quello che avevano fatto aveva prodotto il minimo suono.

Emma lasciò passare qualche secondo. Si avvicinò.

Accanto al portoncino c'era una finestra aperta e protetta da una grata che mostrava l'interno di uno stanzone dove si fronteggiavano due grandi macchinari metallici. Attaccati alle pareti si riconoscevano dei mestoli e molte pentole di rame di diverse dimensioni. Ma l'ambiente non ricordava in nessun modo una cucina. Sembrava piuttosto un laboratorio.

Le donne indossarono un grembiule appeso a un attaccapanni. Si lavarono le mani, e cominciarono a estrarre degli strumenti da una credenza ordinandoli sul ripiano. Non si guardavano, eppure non si intralciavano mai, neanche quando usavano gli stessi arnesi. Un accordo silenzioso e coordinato. La cura del gesto dell'una terminava in esatta corrispondenza con quello dell'altra. Si muovevano come un organismo unico.

Per un momento Emma non capí. Non pareva che il lavoro avesse a che fare con qualche forma di artigianato. Non vedeva in giro oggetti finiti o semilavorati di nessun tipo.

La suora piú giovane mise in moto un macchinario: premette una sequenza di tasti su una pulsantiera e abbassò una leva. La macchina divenne l'unica fonte di rumore della stanza, un ronzio elettrico basso e intermittente.

L'altra tolse il canovaccio che era steso a coprire una lunga pila di cialde bianche e porose, sottilissime. La compagna attraversò lo stanzone per trasportarle vicino a una macchina piú piccola. Prese a infilarle una per volta sotto un tamburo che azionava a pedale, come una vecchia macchina da cucire, ricavandone minuscole particole rotonde che cadevano in una bacinella sottostante.

Ostie, pensò Emma, e rabbrividí. Era fresco e lei aveva addosso solo una maglietta leggera a maniche corte. D'improvviso starnutí senza riuscire a trattenersi. Risollevò la testa di scatto. Era impossibile che le donne non l'avessero sentita. Eppure nessuna delle due reagí. La piú giovane ebbe un attimo di impercettibile esitazione sul pedale, poi riprese a muoversi tenendo la testa bassa. L'altra, che con gli occhiali sulla punta del naso stava leggendo le indicazioni su un flacone alzandolo verso la luce, rimase impassibile. Emma arrossí e si allontanò in fretta.

Fece diverse volte nervosamente il giro del chiostro, ma non incontrò piú nessuno. Ogni volta che si avvicinava alla finestra affacciata sul laboratorio si allontanava dalla parte opposta, accelerando appena e tentando inutilmente di alleggerire il passo. Se confrontava l'evanescenza dell'incedere delle monache con il suo si sentiva massiccia e inadeguata. Forse l'effetto che faceva quel luogo era promuovere l'istinto all'invisibilità. Quanto tempo c'era voluto perché le due donne diventassero fantasmi?

Continuò a muoversi in circolo, catturata dal flusso dei pensieri. Aveva dormito moltissime ore e malgrado questo si sentiva stremata.

Sedette in una nicchia lungo il camminamento e per un attimo le parve che il silenzio non fosse ostile, che potesse esserle d'aiuto. Fu un istante di pace, un sasso gettato in uno stagno che si adagia sul fondo. Poi si rialzò subito il vento.

Allora si accorse di essere affamata, ricordò la colazione che l'aspettava sul montacarichi. Tornò indietro per la strada da cui era venuta e risalí di corsa le scale.

Matilde guardò l'orologio. Mancava mezz'ora al suo primo appuntamento. Si fermò a mangiare un panino in un bar dentro un brutto caseggiato sporgente che ospitava le aule della facoltà di Architettura.

Il barista fu gentile, anche perché non c'era molta gente e aveva tempo da perdere. Matilde rise alle sue battute, cercò di conservare nella memoria la sua cadenza morbida e arrotolata, immaginando che presto le sarebbe diventata familiare. Fece molte domande. Si sentiva a casa.

Come aveva immaginato, il primo appartamento era a qualche centinaio di metri dal bar.

Le aprí la porta una ragazza magra e agitata. Si muoveva a scatti, sembrava che fosse sul punto di mettersi a saltellare sul posto. Non era la stessa con cui Matilde aveva parlato al telefono.

La ragazza non si presentò e le disse di malavoglia di avere fretta. Entro venti minuti doveva essere in centro.

Il posto letto in una doppia costava 210 euro piú le spese. C'erano una lavatrice nuova, un garage per le bici e il wifi compreso. Per tutte le altre informazioni, se era interessata – deposito, spese, specifiche del contratto – avrebbe dovuto richiamare nei giorni seguenti.

La casa era enorme e vecchissima, con il pavimento in graniglia bianco e nero anche nelle camere da letto. Matilde riusciva quasi a sentire sulla pelle la consistenza vischiosa del freddo d'inverno. L'umidità sembrava stillare dai muri, forse perché aveva piovuto. Per il resto non era male.

Tre stanze da letto, due doppie e una singola. Il disordine era moderato, in qualche modo contribuiva a dare calore alla casa. Gli ambienti erano puliti, senza nessun eccesso maniacale.

La ragazza le mostrò la stanza restando fuori.

– Entra, se vuoi. Apri l'armadio. T'avverto però che in tutto l'appartamento c'è un bagno solo. Io vado a fumarmi una sigaretta.

Matilde rimase dov'era. Non aveva nessun bisogno di conoscere i dettagli della stanza o del contratto d'affitto. Cercava uno scenario mentale, un orizzonte su cui proiettarsi in attesa del futuro. Le mancava un anno di scuola, e poi c'era il bambino, su cui non aveva ancora preso alcuna decisione. In quello spazio potevano ancora accadere moltissime cose. A meno di una coincidenza davvero improbabile non avrebbe mai abitato lí, e le dispiaceva perché nella sua mancanza di grazia quella casa aveva la qualità di un rifugio, una bruttezza non irredimibile, che avrebbe potuto acquistare vita e personalità.

Rientrò in salotto e trovò la ragazza accanto alla finestra aperta. – Questa è l'unica regola, – disse sollevando il braccio che sporgeva all'esterno tenendo la sigaretta. – Si fuma fuori. È un problema?

Matilde scrollò le spalle. – Figurati, io non fumo. Comunque grazie. Allora vado.

La ragazza fece un ultimo tiro molto lungo e si sporse in fuori come in procinto di gettare il mozzicone per accompagnarla all'uscita.

– No, stai, – la fermò Matilde. – Mi ricordo la strada, esco da sola.

Il secondo appartamento era molto piú vicino alla stazione, in una di quelle stradine costellate di platani scortecciati e malmessi che aveva notato avvicinandosi al campus. Ma la città era piccola, non sarebbe stato un problema allontanarsi di poco se ne valeva la pena.

Anche qui le aprí una ragazza, la stessa che aveva sentito al telefono. Come nell'appartamento precedente le inquiline erano tutte donne. In questo però le stanze erano singole, e quindi piú care.

La ragazza si chiamava Loredana, doveva avere almeno tre o quattro anni piú di lei. Aveva un modo di fare quieto e riservato che la toccò. C'era qualcosa di bello da guardare in lei, un'aura morbida di grazia efficiente. Fece a Matilde molte domande, procurandole un certo imbarazzo, specie quando provò a informarsi sul suo trasferimento.

Matilde non aveva voglia di mentire. – Senti, ti domando scusa. Forse ti sto facendo perdere tempo. In realtà a settembre inizio l'ultimo anno di liceo. Verrò qui l'autunno prossimo, e solo se tutto va bene, perché è possibile che debba rimandare l'iscrizione. Ancora non so. Però intanto volevo vedere la città, capire come funziona.

L'altra sorrise. Per un momento rimase in bilico sul bordo di quella frase ambigua, parve sul punto di chiedere spiegazioni ma alla fine non domandò altro. Non pareva seccata.

– Quindi quanti anni hai?

– Diciotto, appena compiuti.

– Va bene. Non mi pare grave. Mi facevo anch'io tante domande prima di iscrivermi e se non fossi siciliana avrei fatto la stessa cosa. Ma era troppo lontano, per cui mi sono dovuta fidare.

– Cosa studi?

– Psicologia. E tu? Aspetta, me l'hai detto al telefono. Ingegneria biomedica, no?

Matilde annuí. – Spero. Ci sono i test di ammissione.

La ragazza si spostò in cucina e si mise a trafficare con la moka. – Non credo proprio che avrai problemi. Mi sembri quadrata. A parte il fatto che venire qui con un anno d'anticipo dice già molto di te. O almeno del modo in cui vuoi studiare.

Matilde si contrasse appena. Aveva l'esatta consapevolezza di essere insieme vulnerabile e determinata. Vulnerabile per la gravidanza, e determinata nel suo talento. Sapeva di essere un'ottima studentessa, e di esserlo sempre stata. Era a questo che doveva la libertà. E sentiva anche che era la fermezza a distinguerla in modo netto da Emma. La strada da percorrere se voleva essere altro da lei.

– Spero anch'io. Mi piacerebbe vivere qui qualche anno. Roma è un delirio.

L'altra inclinò la testa, considerando seriamente la questione.

– Non posso prometterti che l'anno prossimo si libererà di nuovo una stanza. Questa è la prima volta che succede da quando vivo qui. Però possiamo tenerci in contatto. In effetti è probabile che sia io la prima ad andarmene, a giugno dovrei laurearmi.

– E torni subito a casa?

La ragazza posò due tazzine sul tavolo, senza rispondere, e alzò la testa. – Non ti ho nemmeno chiesto se lo vuoi.

Matilde annuí. Si sedette al tavolino appoggiato contro il muro.

– Non so ancora se tornerò. Credo di sí. Vorrei provarci, almeno. Mi manca la famiglia. Anche gli amici, almeno quelli rimasti là, che non sono molti.

Matilde di amici ne aveva pochissimi, avrebbe potuto contarli sulle dita di una mano, e quasi nessuno di loro voleva rimanere a Roma a studiare o a lavorare. Il tratto piú marcato che avevano in comune era proprio quello, l'energia della loro forza radiale. Il desiderio di diventare grandi altrove. Non era necessariamente una questione di conflitto con le famiglie, somigliava piú a un rito di iniziazione. Mettersi alla prova lontano da casa. Erano già intimamente attrezzati all'idea di mantenere i contatti pur vedendosi di rado. Amicizie mentali, immateriali persino in presenza.

Come sarebbe stato avere compagni di strada da abbracciare attraversando la notte? Amicizie non compite come le sue, ma brulle e spinose? Matilde non lo sapeva. Loredana però non ci sarebbe stata. Le dispiacque.

Bevvero il caffè in silenzio.

Matilde guardò l'orologio. Mancava poco alle sette e mezzo. Le sembrò che fosse arrivato il momento di andare.

Si alzò in piedi e appoggiò nel lavello la tazzina del caffè.

– Grazie, – disse. – Vado.

L'altra l'accompagnò alla porta. – Mi ha fatto piacere conoscerti. Tengo d'occhio la situazione, almeno finché resto, e se piú avanti si libera qualcosa ti faccio sapere. Buon rientro a casa, – concluse. E la strinse a sé in modo cameratesco e un po' brusco, passandole un solo braccio intorno al collo e battendole un paio di colpi affettuosi sulla schiena.

Matilde si sorprese. Non le era mai successo di ricevere un abbraccio da uno sconosciuto. Niente nella loro brevissima conversazione aveva sfiorato il tono di una vera premura. Le uscí un sorriso di imbarazzo. Loredana capí, lasciò che si allontanasse. Ma non tolse la mano che rimase sulla spalla di lei, rispettando la distanza.

– Se posso darti un consiglio, però, – disse. – Non arrivare qui corazzata. Non serve. Sarà bello, te lo garantisco.

14.

Emma finí in fretta la sua colazione, ma poi rimase seduta in sala da pranzo. Non si decideva ad alzarsi. Continuava a immaginare le suore al lavoro, al di là della parete che le divideva. Le vedeva muoversi in sintonia e in perfetto silenzio, come le donne che aveva osservato attraverso la finestra. Silenziose, capaci, piene di una grazia senza destino. Operosi automi privi di desideri.

Ripensò a Irene e alla sua voracità di un tempo. Impossibile pensare che fosse la stessa vergine muta che da vent'anni abitava in quello spazio.

Si riscosse. Non poteva restare chiusa lí dentro tutto il giorno. Fece uno sforzo e si alzò. Doveva uscire.

Non aveva voglia di vedere nessuno ed evitò il paese. Andò verso il bosco come le aveva suggerito Felicita.

A poche decine di metri dal convento la distesa degli alberi si infittiva. Dovevano essere querce, avevano tronchi vasti e cappelli immensi sovrapposti uno sull'altro, una rete vegetale che oscurava il cielo.

Emma camminò per una decina di minuti, infine si ritrovò al centro di una radura.

Una coppia di anziani si muoveva in circolo raccogliendo erbe, l'uomo portava un cestino. Si fermarono a scambiare qualche parola con lei. Un accento imbastardito, umbro a tratti, ma facile da confondere con il toscano.

Avevano con sé un pastore maremmano, bianco e piuttosto diffidente. Era seduto sulle zampe posteriori, autorevole come un senatore romano. Fisso e vigile, li sorvegliava da lontano, sembrava avere il timore che Emma potesse rivelarsi pericolosa. Appena i due si rimisero in moto il cane scattò in piedi e con un paio di falcate tornò ad affiancarli.

Le sarebbe piaciuto accarezzarlo ma il cane fu sempre ben attento a restare fuori tiro. Il legame con la coppia era evidente. Per lui erano gli unici abitanti al mondo.

Era un bell'animale, ma Emma aveva le sue riserve verso quel genere di fedeltà incondizionata. Tollerava male la dipendenza affettiva.

Quando Matilde aveva sei o sette anni aveva insistito molto per prenderne uno. Fausto non era contrario, ed Emma era stata sul punto di cedere. Poi però per diversi giorni di seguito le era capitato di vedere cani dappertutto. Se ne ricordava uno in particolare, un meticcio bianco e marrone dal pelo lungo che accompagnava un senzatetto. L'uomo passava le mattine nei dintorni di piazza Cavour, sempre allo stesso incrocio. Allo scatto del semaforo rosso cominciava a muoversi lento tra le auto con il cappello teso. Il cane aspettava sul marciapiede. A volte l'uomo lo legava a un lampione, altre no, in ogni caso non cambiava niente. L'animale rimaneva seduto a terra nella stessa posizione, incurante del caos. Qualche volta rialzava il capo per verificare che il padrone fosse ancora in zona, e quando lo riconosceva in mezzo alle auto si acquietava rimettendosi a dormire. Non si allontanava mai.

Per Emma era una malinconia acutissima. Una creatura che vive per te e muore se la abbandoni. Un po' come Fausto, aveva pensato pentendosi subito per la crudeltà. Ma diversissimo da Matilde. Lui senza di me non durerebbe una settimana, a lei invece non serve nessuno. Che figlio è quello immune dal bisogno? Le creature che hanno urgenza di noi non sono mai quelle che scegliamo. Ne vorremmo altre, che invece sfuggono come se traessero energia dalla nostra volontà di renderci insostituibili. Il bisogno è una dinamica squilibrata.

Emma aveva visto il futuro in una scintilla: il cane in casa, il legame che si sarebbe creato tra lui e Matilde, e che in qualche modo sarebbe diventato un altro segno dell'affetto di lei che si cementava altrove. Aveva provato un'invidia penosa. Però non poteva confessare il vero motivo, Matilde non avrebbe capito. Allora aveva fatto ricorso alle banalità del buon senso, quelle che tutti si raccontano quando hanno delle resistenze a prendere un animale in casa. È meglio di no. Per questa e quest'altra ragione. So che mi capisci. Matilde aveva ascoltato senza interrompere. Sembrava turbata, ma non aveva obiettato nulla. Forse per lei non era poi tanto importante.

Arrivò alla base di una collina bassa e quasi spoglia e prese a risalire il pendio finché non cominciò a sentirsi stanca. Sedette su un tronco spezzato al lato della strada. In basso vedeva il fiume, le chiome piegate verso l'acqua. Era bello ma non le dava pace.

Tornò verso il monastero, anche perché si avvicinava l'ora di pranzo e aveva di nuovo fame. Finita la pioggia del giorno prima la temperatura si stava rialzando in fretta. Una fortuna, visto che non aveva nulla con sé oltre quello che indossava. Decise che nel pomeriggio sarebbe scesa in paese a comprare qualcosa, sperando di trovare un negozio adatto.

Ma mentre attraversava di nuovo la radura le passò per la testa un pensiero che la costrinse a immobilizzarsi. Un sospetto che fino a quel momento non l'aveva nemmeno sfiorata. E se Matilde fosse arrivata lí per le stesse ragioni di Irene vent'anni prima?

La scosse un brivido, uno spavento inconcepibile. Sarebbe stata la frattura definitiva, la separazione che Emma non avrebbe potuto ricomporre in nessun modo.

Respirò a fondo per tornare alla calma. Pensò ai progetti per l'università di cui Matilde le aveva parlato nemmeno un mese prima. Ricordò la protesi iridescente che aveva visto nel video.

Matilde non aveva mai mostrato alcun interesse per la religione. Malgrado i genitori di Emma avessero insistito tentando tutte le trappole da guerriglia perché ricevesse un'educazione cristiana – comunione, cresima e tutti i sacramenti – era una cosa da cui Emma l'aveva sempre protetta. Le era parso doveroso e necessario. Portava ancora addosso i segni della loro carità.

Lentamente si calmò. Aveva infiniti timori riguardo a Matilde, e ogni nuova giornata piantava un chiodo sul muro della sua paura, ma era quasi certa che questo davvero non fosse possibile. Era stata la sfida a spingere Matilde fino a lí, nient'altro. La provocazione. Aveva intuito che c'era un conflitto in sospeso, e voleva sapere di piú.

Quando rientrò in foresteria il montacarichi del pranzo era già al suo posto. Aprí lo sportello. Trovò un piatto fondo con della pasta al sugo, una piccola fiamminga con una fettina di carne e del purè di patate, e una brocca d'acqua, oltre a un vassoio con due fette sottili di pane.

Portò tutto in tavola e mangiò di fretta. Mandava giú senza sentire il sapore.

Al centro della tavola c'era una ciotola di mele. Non le capitava piú di mangiare frutta a fine pasto dai tempi in cui viveva con i suoi. Era un'abitudine che aveva perso.

C'era qualcosa di arcaico in quel cestino, cosí come in un pasto da tre portate, che pure erano misurate nelle porzioni e quasi insapori. Una consuetudine al cibo fuori dal tempo, come ogni altra cosa lí dentro.

Rallentò, masticando con piú calma. Arrivata alla fine afferrò una mela. Era piccola, verde. Immaginò sulla punta della lingua il sapore acidulo che non amava, ma ugualmente incise la polpa con il coltello. Si sorprese a mettere in atto il gesto con lentezza rituale, come se il ritmo misurato fosse l'unico possibile per sbucciare una mela tra quelle mura.

Dopo aver terminato andò a stendersi sul letto, ma rimase a occhi aperti. Si sforzò di restare distesa un paio d'ore, poi prese le chiavi e la borsa e scese a piedi in paese. Chiese indicazioni per una merceria dove comprò biancheria di ricambio e un pigiama, infine rientrò al monastero.

Erano quasi le cinque. Non sapeva se Irene fosse rientrata, né aveva idea di come avrebbe potuto fare a capirlo, visto che l'avevano autorizzata a entrare solo nel chiostro, dove in ogni caso non poteva parlare con nessuno. Uscí. Di suor Felicita in giro non c'era traccia.

Camminò fino al portale della chiesa, che era accostato. L'interno era buio, malgrado la luce radente che pioveva dalle finestre altissime sui muri della navata. Si sedette in una delle ultime file. Di nuovo, come quella mattina, la prese un senso fitto di impotenza. Avrebbe dovuto tornare all'ingresso e attaccarsi al citofono fino a quando non l'avessero portata da Irene.

Stava quasi per alzarsi quando la luce in fondo alla navata si accese illuminando la zona del coro. Felicita aveva parlato dei vespri, invitandola a pregare ancora con loro. Fece per alzarsi e andarsene sperando di non essere vista, ma mentre stava per uscire si girò un'ultima volta e, tra le suore che entravano dall'accesso laterale del coro, riconobbe Irene.

Ferma sulla soglia della chiesa Emma attese, poi tornò indietro verso il presbiterio, aprí il cancello del coro e andò a sedersi al posto che aveva occupato la mattina.

Cercò Irene con lo sguardo, ma come le altre rimaneva seduta, immobile, con gli occhi chiusi. Poi si alzò in piedi e cominciarono i vespri.

Irene si fermò nel coro fino a quando le compagne non uscirono tutte, poi aprí il cancello verso la navata e fece cenno a Emma di seguirla. Attraversarono la piazza e rientrarono dal portone d'ingresso, proseguendo fino all'ufficio che Emma conosceva.

Si guardò intorno. Non aveva osservato nulla il giorno prima. In ogni caso non c'era molto da vedere. L'arredo era ridotto al minimo indispensabile. Un armadio, una scrivania e una cassettiera grigia di metallo. Sul muro un crocifisso divideva in due la parete, che per il resto era perfettamente spoglia.

– Sei tu che comandi qui? – chiese.

Irene abbassò il cappuccio e si tolse il mantello bianco che Emma le aveva visto addosso anche la mattina, alle lodi. Lo appese all'attaccapanni e annuí. Poi sedette.

– Non è un incarico ufficiale, ma lo faccio da parecchio tempo. Abbiamo una badessa molto anziana ricoverata ad Arezzo da mesi. Ero da lei, oggi.

– È l'unica cosa di te che mi risulta familiare, finora.

Irene sollevò gli occhi. – L'assistenza in ospedale?

– L'ambizione. Non deve essere granché dirigere una comunità piccola come questa, ma almeno è un'attitudine che ti si adatta. A differenza di quello che fate qui tutto il giorno.

Irene sorrise, ma trattenendosi, come fosse una libertà inopportuna. – Facciamo molte cose, in effetti, tutte diverse, e magari alcune mi si adattano meglio di altre, ma capisco che per chi viene da fuori sia difficile da credere. Anch'io prima di entrare avevo un'idea piuttosto lirica di un monastero, pensavo a un luogo tranquillo, specie uno di clausura. Invece il riposo è raro, qui, e non è facile abituarsi, almeno finché non impari che il lavoro è una forma di preghiera. Guardò verso la sedia, invitandola a sedere con lo sguardo. Emma rimase ostinatamente in piedi.

– Capisco la tua posizione, Emma, – continuò Irene. – So che chiedere è un tuo diritto. Sono qui per rispondere, se posso.

– Perché non lo hai fatto quando sono arrivata, allora? Ti sembra responsabile? Ti ho detto che ho bisogno di trovare Matilde. È una ragazzina incinta. E ormai potrebbe essere dovunque.

– Perché cerco di rispettare anche la sua volontà, oltre alla tua preoccupazione. E perché so ben poco, te lo garantisco.

Emma tenne a bada l'istinto di alzare la voce. Non voleva apparire patetica. – Per prima cosa voglio sapere come è riuscita a trovarti.

– Non gliel'ho chiesto, – rispose Irene senza esitare.

Emma si sporse in avanti. – Mia figlia si presenta alla tua porta, e non è questa la prima domanda che le fai?

– Cerchiamo di offrire accoglienza senza vincoli. Come ti ho già detto ieri, mi è parsa una ragazza intelligente. Immagino che abbia domandato ai tuoi. Non credo di essergli mai piaciuta molto, tua madre deve avermelo anche detto, una volta. Forse le ragioni del mio allontanamento l'hanno pacificata. Magari la distanza, piú che la clausura. A ogni modo, volevi sapere come Matilde è arrivata qui. Questa mi pare l'ipotesi piú plausibile. Vuoi sederti, per favore?

Emma esitò, dopodiché si lasciò andare sulla sedia.

– Quando è arrivata non c'ero, – continuò Irene. – Ero in ospedale, come oggi, e lei non aveva avvisato. Questo è un convento di clausura, abbiamo delle regole. Le è stato detto che non era possibile incontrarmi, ma non ha voluto sentire ragioni. È rimasta in foresteria cinque o sei ore, finché la sera non sono rientrata. Era sulla sedia dove sei tu ora, e per parecchio tempo non ha detto niente. Non sapevo chi fosse, ma so riconoscere un'urgenza, e le ho permesso di restare per la notte. Le ho mostrato la sua stanza, e a quel punto ha cominciato a raccontare di te. Devo ammettere che mi ha colto di sorpresa. Abbiamo parlato per un po', non a lungo, era stanca. Mi ha raccontato del bambino. Anzi, credo che sia stato prima ancora che mi dicesse di te. Stamattina si è alzata e ha preso la corriera delle otto e trenta.

– Dov'è andata?

– Non lo so. Come ti ho detto ieri, le ho proposto due volte di fermarsi. E posso anche dirti che pensava di farlo. Quando ti ho chiamata, però, ha capito che saresti arrivata, e non è voluta restare. Non ha aggiunto altro, se non che forse sarebbe tornata piú avanti. Non sapeva quando. Le ho lasciato il mio numero di cellulare, e le ho detto di chiamarmi in qualsiasi momento.

– Da allora non l'hai piú sentita?

– No –. Fece una pausa. – Io vorrei esserti d'aiuto. Ma ti chiedo, ha senso cercare di forzarla a tornare a casa se vuole restare sola?

Gli stessi argomenti di Fausto, pensò Emma. Giri di parole stantii e pretestuosi. Come se lei non l'avesse lasciata libera tutta la vita per scoprire che a ogni bivio Matilde imboccava sempre la direzione che la portava piú distante.

Soppesò le informazioni, cercando ancora di leggere nella mente di Matilde. Perché aveva pensato di potersi fidare di Irene, cosa avevano in comune? Emma non trovava un punto di sintesi. Il solo contatto che le pareva di riconoscere tra loro era l'inconsapevole solidarietà contro di lei, la volontà di ferirla e abbandonarla.

Non riuscí a restare seduta. Irene si alzò con lei.

Per un attimo Emma immaginò che volesse impegnarla in uno scontro fisico di recriminazioni, invece Irene le venne accanto. La spinse con delicatezza sulla sedia e le sedette di fronte, sporgendosi verso di lei.

– Non voglio prendere le parti di nessuno. Non è il mio ruolo.

– Credi che abbia bisogno della tua solidarietà? O che per me faccia qualche differenza?

Irene scosse il capo. – Immagino di no.

Adesso che era vicinissima, Emma la osservò con piú attenzione. Il giorno prima aveva pensato che fosse identica, ora si rendeva conto che non lo era. I tratti mobili della creatura mercuriale che ricordava erano scomparsi. C'era invece un viso saldo, vigoroso, attento. Quel che resisteva del passato però risaltava con piú energia. L'impeto quasi furioso nello sguardo, la bocca poco incline al sorriso. Avvertí la tensione del diaframma che teneva separate le due immagini, l'amica di un tempo e quella che aveva davanti. In ogni caso nulla di ciò che riguardava Irene aveva senso lí dentro.

Le sfuggí una domanda. – Visto che non puoi dirmi niente di utile, prova almeno a spiegarmi cosa fai tu, qui. Non ti ossessiona tutto questo silenzio?

Irene si guardò le mani, in imbarazzo. – Non esiste un altro modo per sentire.

– Sentire cosa? Cosa si sente nel silenzio? E come lo sopporti?

– Facendolo. Il silenzio lo impari col silenzio.

– E a cosa serve?

Irene tirò indietro il busto. Aprí la bocca, come volesse provare a rispondere, poi ci rinunciò. Si piegò di nuovo verso di lei. – Tu non vuoi parlare di questo.

Emma si riscosse. – No, certo. Voglio sapere di mia figlia. Perché è venuta da te? È da ieri che te lo ripeto, non so piú come dirtelo.

Irene guardò oltre la finestra.

– Accompagnami. Continuiamo a parlare fuori.

– Cosa cambia?

– Sono tre giorni che non vado nell'orto, e posso farlo solo io. Qui ormai sono poche le compagne in grado di lavorare, e hanno altro di cui occuparsi. L'orto è un mio dovere e oggi il tempo è buono.

Emma la seguí di malavoglia.

Tornarono indietro attraversando il corridoio e sbucarono nel chiostro. Lo percorsero quasi per intero fino ad arrivare a un corridoio di passaggio, senza porta, dalla volta molto bassa. Entrarono chinando la testa per sbucare in un secondo cortile interno, piú piccolo, circondato per tre lati dalle mura in laterizio dell'edificio.

Al centro c'erano sei aiuole rettangolari, recintate in legno. All'interno si allineavano germogli verdi in file ordinate e regolari.

Irene le indicò una panca di pietra addossata al muro. – Siediti, – disse a bassa voce.

– Non siamo nel monastero? Credevo che qui non si potesse parlare.

– Infatti non dovremmo, ma ci sono situazioni di emergenza. Non escludo che qualcuna se ne lamenti, stasera.

– Come ti arrivano le lamentele se non vi parlate?

– Il silenzio non è assoluto. Ci sono le esigenze organizzative della comunità, abbiamo un tempo di condivisione. Mezz'ora, due volte al giorno, dopo pranzo e dopo cena.

Poi si allontanò.

Emma si lasciò andare appoggiando la testa all'indietro contro la parete. Il cortile era piccolo, le mura tutto intorno le toglievano l'aria. Guardò verso l'alto.

Una decina di passeri riposavano immobili sui cornicioni delle finestre, a parte qualche scatto nervoso del capo. Ogni tanto, come a un segnale convenuto, prendevano il volo incrociandosi nel rettangolo azzurro del cielo, e si scambiavano di posto da un lato all'altro delle mura. Tornavano al riposo del cornicione e di nuovo si immobilizzavano tranquilli. C'era anche una rondine, la coda biforcuta e il petto immacolato, che sembrava non volersi immischiare in quel gioco da cortile. Rimaneva sul cornicione intenta a pulirsi, con il capo a frugare sotto un'ala.

Irene ricomparve qualche minuto dopo indossando un largo grembiule cerato che la copriva quasi per intero. In mano teneva un secchio incrostato di terra e carico di attrezzi.

Scavalcò il recinto dell'aiuola piú vicina e si mise a sedere sui talloni. Afferrò una paletta mettendosi a scavare con metodo. Estraeva gli ortaggi dalla terra e li lanciava nel secchio. Lavorava con cura, senza distrarsi, assorta nel lavoro.

Emma si piegò in avanti, appoggiando i gomiti alle cosce e seguendo i suoi movimenti.

Come sarebbe stato non averti avuto?, si chiese. Cosa sarei diventata?

Osservandola lavorare la terra le tornò in mente qualcosa. La rivide inginocchiata a piantare i paletti della canadese.

Levico, il tempo della loro unica vacanza insieme.

15.

Erano partite all'alba di una domenica di giugno e il viaggio era durato quasi otto ore. A ogni stazione di cambio saltavano giú dal treno con lo zaino in spalla, e lungo le pensiline era tutto un volo. Certe coincidenze se l'erano giocate sul filo del minuto e del fischio del controllore.

Venivano da un anno impegnativo. Irene era iscritta a Medicina, Emma a Lettere, tutte e due al terzo anno. Si conoscevano dalle superiori, ma erano diventate amiche dopo, all'università, quando una mattina si erano incrociate in uno dei bar della Sapienza. Era la prima settimana di lezioni, avevano appena cominciato a frequentare.

Chiacchierando si erano sedute sulle scale col bicchierino del caffè in mano e con stupore Emma, che a scuola aveva sempre osservato Irene da lontano, si era resa conto che perfino lei, d'abitudine cosí smaniosa, procedeva con prudenza nell'ambiente ostile della città universitaria. Non aveva ancora preso le misure, giocava di rimessa. – Ho compagni di corso che parlano di vocazione, la medicina per loro equivale al sacerdozio. I docenti invece mandano messaggi intimidatori. Entrano a lezione e la prima cosa che dicono è che solo uno su dieci di noi ce la farà –. Fumava al sole, l'espressione dura, come se il mondo le avesse lanciato una sfida e lei volesse fargli capire che era pronta. Anche Emma raccontò della sua facoltà. La grande aula a emiciclo, i muri intonacati a forza di impronte di calci alle pareti, fino a un metro di altezza. Per quel che le pareva di capire la situazione a Lettere era diversa. Un ambiente austero con qualche angolo molto politicizzato, ma nessuno parlava dello studio come di una vocazione, e i docenti non perdevano tempo a elencare le statistiche di abbandono. Sarebbe sembrata un'attitudine volgare e vagamente persecutoria. La litania piuttosto era l'orrore del nozionismo e l'etica dell'impegno critico sui testi. Studiare non la spaventava, ma aveva paura di non essere all'altezza. Lo disse a voce alta, quasi sovrappensiero.

Irene scoppiò a ridere: – Ma che racconti? Per quello che so di te il rischio non esiste.

Per quello che sai di me?, aveva pensato Emma in silenzio, in una piccola vertigine d'orgoglio. Quindi anche tu mi osservavi? E cosí era cominciata.

– Emma, svegliati, – le diceva continuamente Irene. – Non farti ipnotizzare dagli standard di massima eccellenza. Si passa un esame anche con un voto mediocre. – A me piace studiare, – rispondeva Emma scrollando le spalle. Pensava ai suoi, alla casa dove abitava, sempre in penombra, con le tende tirate in ogni stagione. Le piaceva davvero studiare. Nelle famiglie come la sua in ogni caso non erano contemplate alternative.

Non si erano piú lasciate, nemmeno d'estate, a parte agosto quando Emma era obbligata a seguire i suoi a Fregene, mentre Irene restava chiusa dentro la Biblioteca Nazionale a Castro Pretorio. Durante giugno e luglio, nelle pause tra un esame e l'altro, esploravano la città.

Passeggiavano per ore, disfatte dal caldo, e a ogni angolo Emma trascinava Irene dentro una chiesa. – Sediamoci un attimo al fresco –. Irene fingeva di resistere, ma era un gioco di ruoli. Una volta entrate Emma si metteva a cercare le tracce di qualcosa che aveva studiato durante l'anno – una tela, un mosaico che riempiva di riflessi il catino absidale, una sequenza geometrica di archi lungo la navata di una basilica – e cominciava a spiegare. Irene ascoltava senza interrompere.

L'estate del terzo anno però Irene era riuscita a mettere da parte qualcosa. Aveva un ricordo luminoso del Trentino dove era stata molti anni prima, da ragazzina. – Andiamo qualche giorno in campeggio. Si spende pochissimo.

– Ma sei pazza?

– Io ho l'ultimo esame tra un paio di settimane, ma è una cosa facile. Tu?

Emma sollevò un sopracciglio. – La prossima settimana ho Storia dell'arte medievale. Il 20 giugno, mi pare. E poi Storia delle sette cristiane a metà luglio.

– Appunto. Partiamo tra dieci giorni, il 21 o il 22, e prepariamo insieme il tuo ultimo esame sul lago. Sono disposta ad aiutarti. Capisci il valore del mio sacrificio? Studierò Storia delle sette cristiane con te. Vale un impegno.

– L'esame che manca a te invece cos'è? E quando pensi di studiare se passi il tempo sulle sette cristiane?

– Bioetica. Ci metto due ore. Lo preparerò sul treno tornando a Roma.

– Posso provare a chiedere, ma non ci facciamo illusioni. Lo sai come sono i miei –. Emma era certa che non gliel'avrebbero permesso, tentò ugualmente quasi solo per non deluderla.

Suo padre disse subito di no, senza nemmeno lasciarla finire di parlare. La madre le fece capire di non essere contenta. La disturbava la destinazione, che le pareva troppo lontana, e l'atteggiamento provocatorio di Irene, la cortesia di superficie. Quando passava a prendere Emma non si fermava mai abbastanza a lungo perché Agata potesse studiarla. La maggior parte delle volte restava sotto, accanto al citofono, come se fosse lei a non voler avere a che fare con loro. Da qualche tempo, però, Agata era in conflitto su tutto con il marito. Ne fece una questione di potere. Si mise in mezzo, e in un paio di giorni lo convinse. Fu una concessione pesante, rilasciata dopo molte resistenze e senza alcuna grazia, ma il permesso alla fine arrivò.

Cosí erano partite.

Avevano messo piede nella reception del campeggio appena prima dell'ora di cena. Il box era un prefabbricato umido che puzzava di muffa perfino dopo un'intera giornata di esposizione al caldo. L'addetto non trovava la prenotazione della piazzola, presa a una certa distanza dal lago, per risparmiare. La tenda l'aveva rimediata Irene, assicurando che sapeva montarla.

Mentre aspettavano, gli zaini a terra, sedute a gambe incrociate sulla panchina accostata alla parete, passò un gruppetto di quattro ragazzi. Venticinque, forse ventisette anni, all'apparenza padroni di sé, con i capelli bagnati e le mani nelle tasche dei bermuda. Uno di loro, quello che era in testa, appena le vide rallentò visibilmente, tirando fuori una sfrontatezza nello sguardo piuttosto ridicola. Senza fermarsi si staccò dagli altri di un paio di metri e indietreggiò continuando a fissarle. Per il resto, non una parola.

Era alto, molto magro, i capelli umidi scuriti dall'acqua sembravano biondi. C'era qualcosa di egoista nel suo passo. Una tenacia aggressiva. Voleva vedere ed essere visto.

Irene si mise a ridere di gola. Emma arrossí. – Ti piace? – le chiese continuando a sghignazzare. E sollevò il mento verso i ragazzi che sparivano in lontananza. Emma tirò su le gambe appoggiando le mani e il mento alle ginocchia, senza rispondere. Irene le diede una gomitata che la fece sobbalzare. – Non lo trovi patetico? – Emma di nuovo non rispose. – È rischioso avere un debole per gli egoriferiti. – Piantala. Non ho detto niente. – La tua faccia parla. E comunque lui non deve piacere a me. Va bene, domani troviamo il modo di conoscerli. – Ma che dici? Ho detto che non mi interessa, – rispose Emma. L'allegria le scaldava le viscere. Irene poteva quasi tutto, Emma lo sapeva. Nessun azzardo era abbastanza. Si lanciava nelle situazioni piú inaudite senza mai lasciarla indietro, sempre tenendola per mano.

In quel momento l'impiegato della reception si affacciò sulla porta: – L'ho trovata, – disse sorridendo. – Venite dentro.

Arrivarono alla piazzola dieci minuti dopo. Erano affamate ed esauste, ma di andare a mangiare una pizza non se ne parlava. A parte i soldi, che erano contati al centesimo, si sarebbero addormentate sul tavolo prima di ordinare. Volevano solo dormire.

Irene però non riusciva a piantare la tenda. Emma provava a darle una mano, ma continuavano a ridere e a perdere pezzi in giro, ubriache di sfinimento. Nel frattempo la luce si andava diradando.

Alla fine Irene buttò via il martello e si abbatté a terra, a braccia larghe, scrutando il cielo.

– Ma ci spaventa restare una notte all'aperto?

– A me, no, – rispose Emma.

– Bene, allora la tenda la montiamo domani.

Con le ultime forze gonfiarono i materassini e tirarono fuori i sacchi a pelo, mentre si passavano dei cracker per tamponare la fame.

Poi all'improvviso Irene balzò in piedi di scatto: – Andiamo a dare un'occhiata al lago.

Emma non rispose. L'ipotesi sembrava allo stesso tempo attraente e impensabile. – Domani. Ti prego. Stasera muoio.

Irene si pulí le mani sporche di terra sulle ginocchia nude e la afferrò per un braccio. – No, adesso. Solo un minuto.

Emma si guardò intorno alla ricerca di un appiglio per resistere.

Intercettò invece qualcosa di diverso. Un'atmosfera dimessa di quiete sospesa, un alone che brillava intorno alle cose. I tavoli per la cena appena consumata erano carichi e ancora da sparecchiare, ma la maggior parte dei campeggiatori si era alzata e passeggiava in giro, oppure si allontanava per andare a prendere un gelato al bar. Un paio di cani sdraiati di fronte all'ingresso delle roulotte rosicchiavano le ossa della carne che era stata grigliata sui barbecue. Le luci della pineta, puntiformi e intermittenti, accompagnavano la giornata alla chiusura.

Irene si mosse senza parlare ed Emma la seguí.

Attraversarono la pineta verso il lago seguendo le frecce. L'ultima luce si disfaceva alle loro spalle mentre camminavano in direzione opposta al tramonto.

Arrivarono all'acqua che il buio ormai era quasi uniforme. Se non ci fosse stato un lampione lungo il vialetto di accesso avrebbero dovuto procedere quasi a tentoni.

La spiaggia era piccola e deserta, puntellata da qualche oggetto dimenticato in giro, o forse lasciato lí per non doverlo riportare il giorno dopo. Un pallone a spicchi bianchi e rossi dondolava sotto una rete da pallavolo montata tra due pali.

Al limitare dell'acqua si fermarono. Il movimento delle onde era minimo, ogni spinta di risacca sembrava rallentarne il moto, come un meccanismo sul punto di esaurire il suo slancio.

Avevano di fronte a sé una piccola porzione del lago perché la spiaggia affacciava su un'insenatura. La riva di fronte si sarebbe potuta raggiungere a lente bracciate nuotando una decina di minuti. Non c'erano luci su quel versante, solo l'agglomerato scuro delle montagne che premeva a picco sull'acqua, nere di una densità che a malapena si distingueva dalla notte, e tuttavia si percepiva come una massa piú incombente e scura contro il buio atmosferico del cielo.

Il mormorio tenue delle voci del campeggio, che arrivava a folate dalla pineta, retrocesse in un punto distante fino a spegnersi del tutto. Rimase il silenzio, e il riflesso speculare e liquido dell'acqua plumbea.

Se ne avessero avuto la forza si sarebbero tuffate, ma l'impegno andava oltre le loro possibilità. Allora si presero per mano, perché avevano bisogno di partecipare con il corpo a quel tempo che volevano ricordare, e ogni cosa si dissolse, eccetto l'intuizione di sostare su un confine, insieme.

Poi tornarono indietro e si buttarono sui materassini. Non ebbero neppure l'energia per andare in bagno, o per togliersi di dosso i vestiti luridi con cui erano scese dal treno due ore prima.

16.

Matilde si svegliò molto presto. Dalle imposte aperte entrava la luce opaca dell'alba. Rimase sdraiata senza opporre resistenza a un flusso informe di pensieri. Tutto era ancora evanescente, nessun desiderio solido abbastanza per spingerla a uscire dal letto.

Infine si alzò solo per spalancare la finestra sul cielo che non accennava a schiarire. L'aria fresca le fece passare la voglia di tornare a dormire. Si lavò e si vestí senza fare colazione e saldò il conto.

– Posso lasciare lo zaino qualche ora? – chiese alla donna alla reception.

– Qui, – rispose quella aprendo una porta dietro il bancone.

– Vengo a prenderlo nel pomeriggio. Grazie.

Si diresse verso il centro storico. C'era stata un paio di volte, un piccolo agglomerato di edifici dalle facciate larghe e pulite quasi prive di decorazione, appoggiate su lunghe file di portici, e dipinte a colori tenui.

Arrivata in piazza del Pòpolo si arrampicò lungo la scalinata coperta che portava alla sommità della Rocca, e restò ad aggirarsi sotto le mura della fortezza. Stava evitando un confronto oltre il quale non sapeva immaginarsi, e non era orgogliosa di sé.

Tornò indietro, si accorse di avere fame e mangiò qualcosa in un bar, seduta a un tavolino all'aperto. Il cibo la aiutò a chiarirsi le idee. Era arrivato il momento.

Percorse a passo veloce la strada che portava verso il campus, e si fermò alla rotonda che aveva attraversato anche il giorno prima. L'edificio che cercava era sul lato opposto della strada.

Ricontrollò l'indirizzo sul cellulare. Era giusto.

La palazzina somigliava alle costruzioni basse senza soluzione di continuità che si affollano lungo la costa dell'Adriatico, quasi a ridosso delle spiagge, dipinte in colori accesi, e pareva fuori posto in quel panorama di periferia distante dal mare. Era dipinta di un azzurro intenso, a due piani, l'ultimo chiuso da una veranda in alluminio, con terrazzi molto sporgenti.

Attraversò la strada, si avvicinò al portone e lesse i nomi sul citofono. Poi di nuovo tirò fuori il cellulare dalla tasca e fece una chiamata.

La risposta arrivò quasi subito. Una voce esitante. – Sei tu?

– Sono io.

– Credevo che non mi avresti piú cercato. Come stai?

– Sono sotto casa tua, – rispose lei.

– Cosa? – Ci fu un secondo di silenzio. – A Cesena?

– Sí. Ci sei anche tu?

– Non me lo aspettavo.

– Lo so, avrei dovuto chiamare. Se hai da fare non importa.

– No, aspetta, vieni. Piano terra.

Matilde spinse il cancelletto in ferro battuto che era accostato e si infilò nell'atrio.

Eugenio la aspettava sulla soglia. Era in pigiama, aveva la barba incolta. Doveva essersi appena alzato dal letto. Matilde l'aveva conosciuto sei mesi prima, a Roma, in casa di amici, e l'aveva visto regolarmente durante l'inverno. Un ragazzo sveglio ma silenzioso e cauto, come avrebbe potuto essere un uomo molto piú vecchio di lui. Veniva da Parma, studiava Ingegneria. Era stato lui a parlarle per la prima volta dell'indirizzo biomedico che ora anche Matilde era determinata a frequentare.

Aveva un'aria distaccata, da emarginato sempre in bilico su un cambio di passo. Era intelligente. A parte questo, nulla lo aiutava a distinguersi, però aveva un alone, una timidezza riluttante ma non fiacca, che Matilde aveva notato subito, appena si erano stretti la mano. La stessa che gli vedeva addosso anche ora, sul viso sfatto del primo mattino, che però lí si attenuava come se in quell'ambiente si sentisse a suo agio.

Gli si parò davanti, a pochi centimetri di distanza. Lui era molto alto e la superava di una testa.

Non si vedevano da diversi mesi, e da tempo Matilde non rispondeva piú alle telefonate o ai messaggi. Il lembo di calore che si erano ritagliati frequentandosi sporadicamente si era dissolto presto, e ora a Eugenio mancava ogni indizio che lo aiutasse a capire come procedere.

Rimasero a fissarsi sulla porta.

– Quindi è qui che stai ora? Non ero sicura di trovarti. Pensavo fossi tornato dai tuoi per l'estate.

– Scherzi? Sono sotto con Analisi 2. E per fortuna sono partiti tutti e mi hanno lasciato a casa da solo, almeno questo fine settimana. Per me è la situazione ideale. Studio otto ore filate poi vado a correre, e sto in pace col mondo.

– Allora ti disturbo. Ma non mi trattengo. Ho un treno tra qualche ora.

Eugenio fece una smorfia. Poteva essere sollievo oppure dispiacere. Poteva essere molte cose diverse. Non erano stati insieme abbastanza a lungo perché l'idea di Matilde si radicasse dentro di lui o facesse danni. Ma non avrebbe potuto liquidarla nemmeno come una storia passeggera, un genere di conforto dello stesso tipo di altre che aveva avuto prima di lei. L'aveva cercata con insistenza per parecchio tempo. Era riuscito a convincerla ad andare a Cesena tre o quattro volte, quando ancora abitava in centro. Le aveva anche proposto di raggiungerla a Roma, ma Matilde aveva sempre rifiutato. E quando aveva cambiato casa, ad aprile, al messaggio con cui le comunicava il nuovo indirizzo Matilde aveva risposto solo: «Scusa. Non posso piú». Poi era scomparsa.

Erano mesi che Eugenio non aveva notizie. Matilde non esisteva in rete, non c'era traccia di lei sui social. E lui non tollerava l'idea di farsi persecutore. Andare a Roma? Provare a parlarle di persona? Ci aveva rinunciato subito. Qualcosa nella risolutezza di Matilde gli dava la certezza che sarebbe stato un errore madornale.

– Non mi disturbi, anzi. Vieni dentro, – le disse indietreggiando.

Matilde entrò con qualche esitazione.

L'appartamento somigliava a quelli che aveva già visitato, e anche a quello in cui Eugenio abitava in precedenza, eccettuato il fatto che sembrava particolarmente in ordine.

Lei sorrise. – Vivi da solo, qui dentro?

– Magari, non posso permettermelo. Siamo in quattro. Due di Ingegneria, un biologo e un architetto. Perché?

– Sarà un luogo comune, ma una casa di maschi me la immaginavo diversa. Quella dove stavi prima era un casino.

Eugenio ridacchiò con orgoglio. – Dovevi esserci qualche giorno fa, quando è partito l'ultimo. Questa non è la condizione normale, – disse allargando le braccia. – Ieri l'avresti trovata come ti aspettavi. Ma io sono uno schizzato, gli altri lo sanno e mi lasciano fare. Gli fa anche comodo. Quando si svuota, metto tutto a lavare e ripulisco qualsiasi cosa con la candeggina.

– Ma davvero? Non mi sembravi un ossessivo.

Eugenio scrollò le spalle. – Ma no. O comunque entro la norma. Se sono ospite non me ne frega niente, per esempio. Nemmeno me ne accorgo, è un segno di stabilità mentale, no? Nel posto dove vivo invece a volte sento il bisogno di eliminare ogni traccia di sporco e ripartire.

– Ieri ho visto vari appartamenti qui in zona. Tutti abitati da donne e nessuno in condizioni gravi. Ma nemmeno immacolati come questo.

Eugenio le si avvicinò, perplesso. – Stai cercando una stanza a Cesena?

– Siediti, – gli disse lei indicando il divano.

Eugenio obbedí, docile. Lei invece rimase in piedi.

– Ero venuta a dirti questo. Ho passato molto tempo a documentarmi, e ho deciso di studiare qui.

– Perché non mi hai detto niente? Potevo mandarti un sacco di materiale. Hai visto il campus? Lo inaugurano a settembre.

Matilde annuí. – Ci sono stata ieri. È bello. Non sembra nemmeno di essere in Italia.

– Quando sei arrivata?

Matilde si guardò intorno. Appoggiate alla parete di fondo del soggiorno c'erano due librerie malmesse e stracariche di manuali ammucchiati uno sull'altro. Si avvicinò, sfiorò un ripiano con un dito. Non c'era polvere.

– Ieri. Ho fatto un giro, volevo capire che aria si respira qui.

Eugenio si alzò e le si avvicinò.

– Potevi chiamare. Mi sarebbe piaciuto accompagnarti.

– No. Hai detto tu che stai studiando e poi era una cosa che dovevo fare da sola. Volevo sentire questa città. Avevo bisogno di capire che effetto mi avrebbe fatto. Quello che si studia qui, lo so, ho tutte le informazioni che mi servono. Ma l'aria non potevo immaginarla. Dovevo sentirla da sola.

Eugenio le venne vicino e le avvolse le braccia intorno alla vita, appoggiandole il mento sul collo. Matilde percepí le sue braccia sul ventre. Sussultò. C'era già qualcosa che emetteva calore, un'onda che lui avrebbe potuto riconoscere come sua? Un pensiero irrazionale, era ancora troppo presto.

Appoggiò una mano sul braccio di Eugenio per allontanarlo delicatamente. Sentí crescere l'impulso a parlare. Lo respinse.

Il tocco con cui cercava di sganciarsi dall'abbraccio cadde nel vuoto. Eugenio continuava a stringere. Matilde non insisté, non voleva che tra loro ci fosse tensione. Lui era stato generoso ad accoglierla. L'unica responsabile del distacco fino a quel momento era stata lei, e senza offrirgli nessuna spiegazione.

– Mi sei mancata, – le disse Eugenio. – Non voglio essere pesante. Non ti chiedo perché non mi hai piú risposto. Però sono contento di rivederti.

Matilde lo costrinse ad allargare la presa e si girò per guardarlo negli occhi. – Non voglio farti male, ma non ho cambiato idea.

Eugenio annuí. Comprese che non era tornata per ricominciare. Perfino lui, che la conosceva poco, aveva capito bene che di rado in lei c'era spazio per l'ambiguità.

Lasciò che scivolasse fuori dall'abbraccio. – Perché sei venuta, allora? A parte Cesena, e la facoltà.

Matilde gli prese la mano e le venne l'istinto di un gesto antico. Gli baciò il palmo. Appoggiò le labbra in modo lento e delicato, come in certe stampe. Un postulante che rende grazie al suo benefattore.

– Perché volevo dirti grazie, – disse tenendo la mano di lui ancora fra le sue. – Se non fosse stato per te, non avrei saputo che era questo il mio posto.

Eugenio la prese di nuovo fra le braccia. Lei non si ritrasse. – Però vuoi dire solo nella stessa città. Nella stessa facoltà, al limite. Non con me, – e strinse ancora.

Matilde sentí il suo ventre combaciare con quello di lui, pensò alla presenza di cui Eugenio era inconsapevole. Si spaventò. Il futuro le apparve oppresso dalla presenza di un'altra creatura. Forse era troppo per lei. Vide la tentazione a cui la esponeva quell'abbraccio, la comodità e la tenerezza di cui era pieno. Sarebbe stato tutto piú facile. Allora fece il tentativo di accomodarsi al suo interno, il viso affondato nella maglietta gualcita di lui che aveva ancora l'odore del sonno. Ma la paura non fu sufficiente per spingerla a mentire. Mancava il potenziale di incastro, quella forma spaziosa non era la sua.

– Possiamo continuare a vederci, se vuoi. Se non ti fa stare male. Io non ti ho mai sentito distante, nemmeno in questi mesi in cui non abbiamo parlato.

Eugenio rimase in silenzio. La cullava leggermente muovendosi appena.

Chiuse gli occhi, ricordò il tempo breve che aveva avuto con Matilde, l'esaltazione ma anche la fatica. Di nuovo seppe che si erano fermati in tempo, e che con uno sforzo di adattamento rimaneva ancora la possibilità concreta di generare una metamorfosi. Bastava ingoiare l'orgoglio, e quel dolore puntiforme che era fitto ma non insopportabile.

Sentiva il seno di lei che premeva sul suo petto. Se lo ricordava bene. La pelle bianca, traslucida e calda, di cui si era riempito le mani.

Matilde si accorse che era insieme eccitato e incerto. Forse è da qui che dobbiamo passare, pensò.

Si sciolse dall'abbraccio e gli sfilò la maglietta, lasciandolo a petto nudo, con la testa spettinata dal colletto troppo stretto. Lui la osservò perplesso. – Credevo che non volessi…

Lei gli chiuse la bocca con la mano a conca. – Sí, – disse. – Finisce qui, e posso andarmene adesso. Oppure resto ancora per poco. Dipende da te. Dimmi cosa vuoi.

Eugenio non rispose. Matilde allora si spogliò senza fretta, gettando i vestiti sul divano. Lui aspettò che restasse nuda, poi le tese la mano. – Di là, – disse. Lei lo seguí.

Lungo la strada per la stazione, quasi un'ora dopo, Matilde si sforzò di fissare nella memoria quelle immagini. Non era pentita di non aver detto nulla a Eugenio, ed era decisa a credere che la piena consapevolezza di ciò che era accaduto riguardasse solo lei.

La visita non l'aveva aiutata a prendere una decisione sulla gravidanza. Se il bambino fosse nato, avrebbe detto a Eugenio come stavano le cose. Altrimenti l'avrebbe tenuto per sé.

Era felice di averlo visto. Il legame con il passato era stato sciolto. Qualunque cosa fosse accaduta in futuro, Matilde aveva la certezza che l'unico principio ordinatore per lei sarebbe stata la verità.

17.

Emma riaprí gli occhi sentendosi scuotere leggermente la spalla. La colpí un aroma di basilico. Si rese conto di essersi addormentata sulla panca mentre guardava Irene lavorare.

Lei era in piedi. La luce del sole alle sue spalle la scomponeva in trasparenza.

– Hai raccolto del basilico?

Irene si annusò le dita. Sorrise. – Sí. Una richiesta dalla cucina.

Emma si strofinò gli occhi con i palmi delle mani. – Da quando sono qui continuo a dormire, mi sembra di essere drogata.

– Si vede che ne hai bisogno. Come ti senti?

– Meglio. Hai finito?

– No, ma non ne ho ancora per molto.

Le sfiorò una guancia con la mano e la ritirò subito, strusciandola sul grembiule come per pulirla. – Cos'è che davvero ti preoccupa?

Emma si sollevò a schiena dritta. Una fitta alle vertebre dorsali le strappò un lamento. Si curvò in avanti espirando, in cerca di sollievo. – Mia figlia mi odia, e non so il motivo.

– A me non l'ha detto, e mi ha fatto confidenze importanti.

– Per esempio?

– Te l'ho raccontato ieri. Non mi ha nascosto di essere incinta. Ed è una confessione impegnativa da fare a qualcuno che non si conosce, specie a una suora. Eppure non aveva il minimo imbarazzo.

Emma sollevò un sopracciglio. – No, certo. Lei non è mai in imbarazzo. E sono anche sicura che con te abbia negato di odiarmi, fa lo stesso con mio marito. Ma io vivo con lei, e non sono cieca.

– Forse è spaventata all'idea di averti deluso.

– Perché? La responsabilità è mia. Sono sua madre e lei è una ragazzina, è evidente che ho commesso degli errori.

Le tornarono in mente i suoi genitori. Si era caricata di ogni colpa quando era rimasta incinta, e loro avevano appoggiato quella versione. E adesso che era dall'altra parte della barricata, la colpa era comunque sua perché aveva creduto di essere diversa dai suoi, e di nuovo aveva fallito. È questo che mi diranno quando dovrò raccontarglielo, pensò. Che pessimo esempio sei stata per tua figlia. Una catena di fallimenti senza rimedio.

– Tu pensi allo stigma, ma io non credo proprio che a lei importi di questo, – disse Irene. – È di te che si preoccupa.

– Il mio giudizio non ha mai contato niente per lei.

Si alzò per sgranchirsi le gambe. Camminò rasente le pareti sfiorando il muro con la mano. Era solido, sgranato, caldo di sole.

Com'era davvero vivere lí dentro? Non vincolarsi ad alcuna creatura in nome dell'amore universale. Occuparsi solo di sé stessi o dell'umanità intera, che è come dire di nessuno. Sarebbe cosí comodo, cosí assolutorio. Per un momento provò una fitta di invidia.

Poi il pensiero tornò a Matilde. Se aveva parlato con Irene della possibilità di abortire, di sicuro doveva aver provato a dissuaderla.

Tornò sui suoi passi. Avrebbe voluto domandarglielo esplicitamente, ma aveva paura, perché la questione avrebbe evocato fra loro il fantasma della sua gravidanza, l'ultima cosa che avevano condiviso prima che Irene sparisse.

Rifiutò di scivolare nell'autocommiserazione. Era arrivata fino a lí, doveva sapere.

– Gliel'hai detto? – chiese. – Le hai detto che volevo abortire?

Irene si fermò, e si voltò per risponderle. – La tua situazione e la sua non hanno niente in comune. Tu eri sola e senza appoggio. Per Matilde è diverso.

– Quindi gliel'hai detto?

– È stata lei a dirlo a me. Mi ha raccontato che hai tirato fuori l'argomento, ma che suo padre ha sempre negato. Cercava conferma. Sembrava non volerci credere.

Emma sospirò, e tornò a sedere sulla panca. – Ne abbiamo parlato una volta sola. Ero furiosa, riesce a farmi impazzire. Non so come mi è uscito di bocca. Non voleva dirmi chi è il padre del bambino, come se non mi riguardasse. Ho perso la testa.

– Neanche tu hai confessato la verità ai tuoi finché hai potuto evitarlo.

– Hai appena detto che non sono situazioni paragonabili. Io non sono mai stata un ostacolo di quella portata.

– Non significa niente. Quando abbiamo paura chiunque è un nemico.

– Quindi la giustifichi? Credevo che i vostri criteri fossero meno flessibili. In ogni caso hai provato a ragionarci? Dice cose folli, non ha nessun senso della realtà. Non posso lasciarla fare di testa sua.

Irene non rispose.

– Il mondo fuori da qui è un'altra cosa, – insisté Emma.

L'altra si passò il dorso della mano sulla fronte. – Anche noi abbiamo idea di come funziona il mondo, credimi. Lei ha bisogno di tempo per decidere in autonomia, ma non credo che questo significhi che non ti rispetta.

Emma si mise a camminare intorno all'aiuola. Si fermò di nuovo alle sue spalle. – Per lei quindi piena assoluzione, – disse a bassa voce. – Però con me non sei stata molto solidale, no? È difficile pensare che la tua fuga non fosse una condanna.

Irene si fermò e strofinò i guanti incrostati di terra.

– Perché considerando le scelte che hai fatto, – continuò Emma, – sarebbe logico pensarlo.

L'altra si tolse i guanti e si rialzò in piedi. – Non ero sicura che tu volessi parlare di questo. Avresti il diritto di rifiutare le mie scuse, o anche solo di non volerle ascoltare.

– Non mi interessano, infatti, e mi interessa pochissimo anche il passato –. Le si avvicinò. Avvertiva un formicolio radiante al centro esatto delle mani, che le trasmetteva una smania quasi elettrica, come se l'urgenza avesse trovato un accesso fisico al suo corpo. – Ma visto che siamo qui, magari puoi dirmelo. Perché?

Emma aveva saputo la verità solo molti mesi dopo la scomparsa di Irene. La madre di lei un pomeriggio l'aveva chiamata invitandola ad andare a trovarla. Per settimane Emma le aveva telefonato in cerca di spiegazioni, senza mai ottenere una risposta chiara. Arrivata a casa, la donna le aveva fatto una sintesi scarna e surreale. «Le cose stanno cosí. Ti chiede di non cercarla». Sembrava stupefatta quanto lei, ma forse non aveva il coraggio di ammetterlo.

Emma si era ripetuta a mente piú volte quella parola: *clausura*. Irene in clausura. Cosí aveva detto la madre. Ma la clausura era un paradosso per la creatura visceralmente libera che Irene era sempre stata.

Non aveva fatto nessuna domanda. Dopo tutti quei mesi non sperava nemmeno piú di poter sapere la verità. Conosceva l'impeto di Irene, la sua ostinazione. Ormai considerava l'abbandono un fatto compiuto.

– Non so se riuscirò a spiegarti, – disse Irene.

– Prova, – rispose Emma.

– Dopo essere tornate da Levico, sono stata qualche giorno in monastero. Non questo, ma qui vicino. Accoglievano studenti l'estate, e avevo solo intenzione di preparare un esame. Tu lo sapevi.

Emma ripescò la notizia dal fondo della memoria. Se lo ricordava. Erano rientrate dal campeggio a fine giugno. Irene aveva sostenuto un esame la settimana successiva, poi era ripartita per prepararne altri due che avrebbe dato a settembre.

L'idea del monastero aveva colpito Emma. Immaginava che la scelta di Irene implicasse una nota di provocazione. Chiudersi lí dentro, lei che non era credente. «Perché proprio un posto come quello?» le aveva chiesto. «Perché è perfetto per concentrarsi. Noioso, nessuna distrazione, e mi ospitano gratis. Certe volte avere una madre molto cattolica è una fortuna».

Due giorni prima che Irene rientrasse, Emma aveva scoperto di essere incinta.

– Non so perché arrivata in quel posto mi sono messa a pregare con le monache. È cominciato in modo banale, come è successo a te in questi giorni. Mi hanno invitato e sono andata. Le raggiungevo nelle pause di studio perché cercavo la contraddizione. Mi attirava l'occasione di infilare la mano in una crepa. Mi sembrava tutta una messinscena. Vedevo solo un rito asfissiante, insensato, superficiale, come le cose che mandi a memoria e che ripeti con la testa da un'altra parte. E poi loro non parlavano, quindi io non potevo chiedere. Pensavo che non ci fosse niente di peggio nella vita. Però ogni tanto, nel silenzio, qualcosa mi toccava, come una medusa sotto il pelo dell'acqua. All'inizio provavo lo stesso schifo, ma non potevo negare che ci fosse. Ho avuto paura.

Tacque e iniziò a camminare. Emma la affiancò. Il lembo della sua tonaca le sfiorava il fianco, il grembiule cerato emetteva un sottile fruscio.

Emma si guardò intorno. Durante tutto il tempo che avevano trascorso lí non era comparso nessuno in cortile, né aveva intravisto movimenti dietro le finestre.

– Come si fa a passare la vita in questo modo? Non riesco a capirlo.

– Pensavo la stessa cosa. Però il rifiuto non era forte abbastanza per venire via. Continuavo a oscillare tra lo strazio di questa vita e la forza che mi trascinava nella stessa direzione.

– Ma tu davvero non vedi il limite? La costrizione?

– Certo, non ero cieca. Se me l'avessi chiesto avrei potuto descriverlo, e con le stesse parole che stai usando tu. Ma quello che sperimentavo era un'altra cosa. Subivo una metamorfosi accelerata. Sapevo che sarei dovuta scappare via, eppure mi sentivo libera.

Emma si fermò. – Libera?

– Sí. In un modo che non coincideva con l'idea che mi ero fatta della libertà fino ad allora. La possibilità di andare, partire, spostarsi. L'assenza di vincoli. Quella che provavo invece era una cosa che aveva a che fare con la mia natura. La libertà di essere totale. La libertà di non coincidere con niente, di non venire definita da nulla. È come un volano, trattiene il tuo corpo tra queste mura mentre lo spirito può essere ovunque, focalizzato solo sul volo. Nemmeno la fede, che è venuta dopo, è stata costante nello stesso modo. Dio a volte si sottrae, non è possibile evitarlo. Non conosco nessuno che abbia fatto questa scelta e a cui prima o poi non sia capitato. Il senso della libertà invece non si è incrinato mai. Ancora oggi, tra fede e libertà, non so dirti davvero cosa conti di piú per me.

Riprese a camminare, accostando la sua spalla a quella di Emma. – So che per te è incomprensibile. Io stessa ho cominciato a capire solo quando ho smesso di resistere. Ho anche provato ad agire ragionevolmente, perché ero sicura che mi sarei pentita. Sono rientrata a casa, ma mi sono accorta subito che era stato un errore. Tu però avevi appena scoperto di essere incinta e non potevo lasciarti. Pensavo di poterti restare accanto fino alla fine. Ho anche cercato di parlarne con mia madre, provando una vergogna spaventosa. Mi venivano in mente frasi che mi facevano sembrare un'invasata –. Si fermò, come se le mancassero le parole. – Ma in che modo avrei dovuto chiamare questa cosa che lí mi riempiva, e che si contraeva in un pugno quando mi allontanavo? Era il cuore del mondo, io non ero piú capace di togliermelo dalla testa.

– Non hai mai pensato di essere impazzita?

Irene sorrise. – Certo, continuamente. Era la cosa piú ovvia e l'ho messa in conto.

– E quindi?

– Che differenza avrebbe fatto? La certezza me l'avrebbe data solo il tempo. Mi sono assunta la responsabilità del rischio, come chiunque faccia una scelta importante, anche fuori da qui. Ti pare molto diverso dal matrimonio? È comunque un atto di fede.

Emma distolse lo sguardo. Alzò la testa. Il cortile ormai era vuoto, i passeri erano volati via. – Io posso fare uno sforzo per capire, – mormorò. – Forse avrei potuto anche allora. Non te lo garantisco perché ero disperata, ma so che per te avrei tentato. Perché invece tu non ti sei fidata di me?

Avvertirono un fruscio alle spalle. Si girarono. Suor Felicita era dietro di loro, non l'avevano sentita avvicinarsi. Porgeva un telefono a Irene. A prima vista Emma lo scambiò per un cordless, poi si accorse invece che era un vecchio cellulare.

– L'ospedale di Arezzo, – sussurrò Felicita.

Irene afferrò l'apparecchio e si allontanò di qualche passo. Un minuto dopo tornò verso di loro.

Suor Felicita le andò incontro, preoccupata.

Irene annuí. – Agnese, – disse. Poi, rivolta a Emma: – Devo andare.

Felicita si avvicinò ancora. Non parlò, ma era chiaro che si offriva di accompagnare Irene, che fece cenno di no. – Bisogna che sia tutto pronto, siete piú utili qui.

Suor Felicita chinò il capo e si ritirò.

Irene sfiorò il braccio di Emma. – Scusa. Mi chiamano dall'ospedale.

– A quest'ora?

– Non è qualcosa che si possa decidere in anticipo. Ma possiamo continuare a parlare domani, se stasera ti fermi.

– Come fai ad arrivare lí?

– Abbiamo un'auto. Piuttosto vecchia, ma non ci ha mai lasciato a piedi.

– Prendiamo la mia, – disse Emma. – Vengo con te.

18.

Lungo la statale non incrociarono quasi nessuno. Sopra i campi ristagnavano bande fluttuanti di umidità che si spostavano scoprendo a tratti lunghi filari di alberi. Sembravano tigli. Alti, distanziati l'uno dall'altro, le chiome triangolari immobili nell'aria immobile. Lentamente scendeva la sera.

Irene non aveva aperto bocca da quando erano partite. Nemmeno Emma aveva molta voglia di parlare.

Poi, non lontano da Arezzo, Emma le chiese: – Cos'ha?

Irene si riscosse. – Agnese? Un tumore alle ossa piuttosto raro, si chiama condrosarcoma. È la stessa malattia di cui sono morte sua madre e sua nonna, e ha sempre pensato che prima o poi sarebbe toccato anche a lei. Aspettava che arrivasse, come un ospite ingombrante. Aveva un modo suo di parlarne, e lo faceva sembrare nell'ordine delle cose. Ormai entra ed esce dall'ospedale da tre anni, e da aprile non si alza piú. Negli ultimi giorni hanno dovuto sedarla, non c'erano alternative.

– Perché hanno chiamato?

– Vuole morire in monastero, è una promessa che le ho fatto quando è stata ricoverata. È arrivato il momento di portarla a casa.

– Stasera?

– No, a quest'ora sarebbe impossibile organizzare il trasporto.

– E allora?

– Ho un accordo informale con il primario. Stasera mi fermo in ospedale. È la mia ultima occasione per trascorrere del tempo con lei, noi due da sole. Domani mattina la riporteremo indietro.

– È stata cosí importante per te?

– Come può esserlo una madre.

Entrarono in città. Erano passate da poco le otto. Irene la guidò per le strade di un quartiere moderno, in prossimità della stazione. Infine sulla destra apparve l'ospedale, un grosso edificio moderno a emiciclo. Parcheggiarono la macchina e si avviarono all'entrata.

All'improvviso Irene si bloccò. – Il cellulare. L'ho lasciato sul cruscotto della macchina.

– Vado io.

L'auto non era lontana. Emma aprí la portiera e si infilò l'apparecchio in tasca.

Tornò indietro e raggiunse Irene, affiancandola. Fece qualche passo ma si accorse subito che lei non si muoveva. Rimaneva ferma in mezzo al viale di accesso. La luce di un lampione la tagliava in due, mentre lei fissava l'ultima striscia di luce arancione quasi mangiata dal buio.

– Stai bene? – le chiese Emma.

– Non so cosa sperare per lei. Non so come pregare. Siamo sempre state insieme. È stata la prima a cui ho chiesto di essere accolta.

Emma non disse nulla.

– Si mise a ridere, – continuò Irene. – Disse che capitava di continuo alle ragazze che si fermavamo a studiare. «Confondete gli sbalzi ormonali con la mistica». Disse anche che Dio non salta fuori dai cassetti.

– E tu che hai risposto?

– Ho citato una frase di santa Teresa, l'avevo appena letta in un libro che era in camera mia. Non sapevo nemmeno cosa significasse ma mi pareva appropriata. «Dio cammina in mezzo alle pentole». Lei ha ricominciato a ridere. Mi prendeva in giro, l'ha fatto per moltissimo tempo. È stata la prima cosa che mi ha colpito. Una monaca con il senso dell'umorismo.

– Però non le hai dato ascolto.

– All'inizio sí, ho dovuto. Che alternativa avevo? Senza la sua approvazione non potevo restare. E poi in quel momento ho pensato che avesse ragione, e che mi sarebbe passata –. Si fermò, guardò le finestre illuminate della facciata. – Ma non è il momento. Andiamo.

Attraversarono l'ingresso e si infilarono in ascensore. Una coppia di anziani comparve dietro l'angolo. Lui sollevò una mano verso di loro chiedendo di attendere. Emma e Irene fermarono l'ascensore.

Fra i due la donna sembrava quella in condizioni migliori, anche se era lei la ricoverata perché portava una vestaglia. Il compagno camminava curvo strusciando un piede sul pavimento. Quando furono vicini Emma si accorse che la donna doveva essere quasi cieca. Una vecchia sibilla con lo sguardo confuso e il cristallino opacizzato dalla cataratta. Era massiccia, pesante, l'aria di qualcuno che ancora non si rassegna all'idea di doversi muovere con la massima cautela, e tuttavia non può evitarlo. Si teneva stretta al compagno, e con l'altro braccio cercava il conforto solido della parete del corridoio.

Lui la teneva all'altezza del gomito. Si accertò con scrupolo che fosse per intero dentro l'abitacolo e poi, con lentezza, si girò verso la pulsantiera. Solo allora si accorse dell'abito di Irene. Accennò a farsi il segno della croce chinando il capo. Poi disse qualcosa all'orecchio della donna, che si voltò, pur non sapendo in che direzione guardare. Irene le sfiorò una spalla, perché capisse dov'era.

– Noi andiamo piú in alto, – disse sottovoce. E anche lei premette un tasto.

La coppia scese al secondo piano. L'ascensore si richiuse.

– La malattia cronica ha qualcosa di intollerabile, – disse Irene.

– Un'altra cosa strana, detta da te. Pensavo che per voi la sopportazione fosse un obbligo. E un valore.

– Lo è. E non sarebbe cosí se non fosse la prova piú dura. Ma dare un senso al dolore non vuol dire compiacersene. Agnese ha sempre avuto una salute di ferro e adesso il suo corpo le si ritorce contro. Una donna piú fragile sarebbe morta da molto tempo, lei invece resiste a tutto. Si disfa e non cede.

Si avviarono lungo un corridoio dipinto di azzurro. Era evidente che Irene era stata lí diverse volte e che conosceva tutti. Ogni infermiera che incrociarono, il medico di turno e diversi pazienti le sorrisero chiamandola per nome. Due persone l'abbracciarono.

Infine raggiunsero la stanza. Irene sulla porta si voltò verso Emma: – Entriamo solo un attimo.

All'interno c'erano due letti affiancati, il secondo era vuoto. Agnese era incosciente, minuta, uno scheletro di donna di piccola statura che gonfiava a malapena le coperte e occupava poco piú della metà del letto. Il viso era quieto, bianco, con i capelli finissimi tagliati corti. Un ciuffo piú lungo le copriva le orecchie.

Irene si chinò su di lei, accarezzandole la guancia, poi affiancò la sua. Rimase in silenzio a occhi chiusi, pregando. E osservandola Emma ricordò d'improvviso di quanta tenerezza era capace Irene. Distolse gli occhi per la pena.

Irene si rialzò. – Il medico mi aspetta. Andiamo.

Attraversarono il reparto fino al mezzanino su cui affacciavano gli ascensori e passarono all'ala opposta. Tirarono dritto lasciando sfilare una serie di porte aperte da cui spuntavano i letti rialzati, le coperte azzurre sfatte e ripiegate su sé stesse. Doveva essere il reparto maschile. In fondo al corridoio si fronteggiavano invece gli studi medici.

Irene si fermò davanti all'ultima porta. Bussò ed aprí.

– Aspettami qui per favore.

Emma si guardò intorno e scivolò a sedere su una sedia di plastica. Il corridoio era deserto.

Prese in mano il cellulare. L'elenco delle chiamate in uscita negli ultimi due giorni riportava un solo numero, per venti o trenta tentativi di fila. Matilde.

Aveva ripetuto quel rito ottuso a intervalli regolari in modo automatico, disconnessa da ogni aspettativa. Arrivati a quel punto, se Matilde avesse risposto, ne sarebbe rimasta stupefatta.

Messaggi aveva smesso di mandarne. Vedere quell'elenco di domande tutte allineate sulla destra dello schermo senza un accenno di riposta – la sua insistenza digitale contro il silenzio di Matilde – la sconfortava. In mezzo a una decina di messaggi prima e dopo, una sola riga inviata da Matilde la sera del giorno prima. «Sto bene».

Nella tasca Emma avvertí una vibrazione. Frugò tirando fuori il cellulare che Irene aveva dimenticato in macchina. Un piccolo Nokia di almeno quindici anni, scheggiato in due punti.

La vibrazione segnalava l'arrivo di un messaggio. L'apparecchio era cosí vecchio da riportare solo il simbolo della bustina lampeggiante in alto a destra. Il mittente non era visibile dal display.

Spinse due tasti. Sul minuscolo quadrante il messaggio si aprí.

Era Matilde. Emma avrebbe dovuto esserne sorpresa, invece le sembrò naturale.

Entrò in uno stato sospeso di coscienza. Avere in mano il telefono nel momento in cui Matilde inviava un messaggio in qualche modo la autorizzava a leggerlo, e a riceverlo anche se non era indirizzato a lei.

«Irene, sono stata a Cesena e sto ripartendo, – diceva il testo. – Mi piacerebbe parlarti. Ma non verrò se mia madre è ancora lí. Preferisco tornare un'altra volta».

Emma inspirò a fondo. Percorse tutto il corridoio fino alla sua estremità. Accanto all'ingresso c'era un altare. La statua di una madonnina a braccia spalancate, coperta da una tunica bianca e una sopravveste verde panneggiata come un tendaggio sovraccarico. Intorno al collo aveva un rosario pesante che terminava in una croce, e sul petto un'immagine sacra: san Giuseppe che teneva in braccio il Bambino Gesú, come se qualcuno avesse ritenuto necessario aggiungere il resto della famiglia, ridotto ad appendice decorativa nel corpo cavo della Vergine.

Alla base dell'altare c'erano tre o quattro minuscoli vasetti in coccio con piante grasse, e un contenitore piú grande pieno di fiori gialli e lunghe foglie sporgenti. Nascosto in un angolo c'era anche un bicchiere di vetro stipato di immagini. Cos'erano? Santini? Ex voto? Impossibile dirlo senza tirarli fuori uno a uno.

Emma guardò di nuovo il cellulare e digitò: «Tua madre è andata via da qualche ora. Vieni, ti aspetto». Lo inviò.

Si lasciò andare contro lo schienale. Avrebbe dovuto provare qualcosa, invece sentiva la testa leggera, i muscoli rilassati. Il corpo sapeva che quello che era appena accaduto era anche l'unico esito possibile.

19.

Irene uscí dallo studio del medico assorta. Rimase qualche istante sulla soglia, la mano sulla maniglia, poi andò a sedersi accanto a Emma.

Aveva con sé parecchi fogli, e una busta piena di medicinali.

– Devo firmare delle carte per la dimissione. Hai una penna?

Emma frugò nella borsa e tirò fuori una bic.

Irene si mise a leggere con attenzione. Siglava i fogli e li metteva da parte. Assistenza domiciliare, comunicazioni per il medico di base, terapie, antidolorifici, la ricevuta di consegna di diverse fiale di morfina e cerotti di Fentanyl. Poi infilò tutto nella busta, che lasciò sulla sedia accanto a sé, e si alzò in piedi.

– Dammi il cellulare, per favore –. Allungò la mano.

Emma si irrigidí. Non aveva cancellato il messaggio di Matilde né la risposta che le aveva mandato. Le porse il telefono e rimase in tensione mentre l'altra si allontanava e chiamava il monastero. Una volta finito, Irene tornò indietro e appoggiò l'apparecchio sulla sedia.

– Sarai stanca, puoi tornare indietro quando vuoi. Rientrerò domattina, per le nove saremo senz'altro a casa –. Sedette, ma era inquieta. – Pensi che sia un atto di egoismo?

Emma rifletté un istante, mentre continuava a fissare il cellulare sulla sedia. – Restare da sola con lei, vuoi dire?

Non lo so. Direi di no. Mi pare un gesto amorevole, non mi sembra che tu stia togliendo niente alle tue compagne. Domani sarete comunque tutte insieme.

Irene annuí. – Lo credo anch'io –. Prese la busta e il cellulare.

In quel momento la porta dello studio si riaprí. Si affacciò il dottore. – Madre, – disse. – Ancora una cosa, per favore.

Irene, impacciata e con le mani occupate, guardò verso di lui.

– Dài a me, – disse Emma allungando le braccia. Irene le consegnò tutto e si avviò.

Emma attese di vederla entrare nello studio. Questa volta la porta rimase aperta. Sentiva chiaramente la voce del dottore e quella di Irene sovrapporsi, ma non perse tempo ad ascoltare.

Riaprí in fretta la cartella dei messaggi. Matilde nel frattempo aveva risposto. «Non riesco a raggiungere Città di Castello stasera, non ci sono piú treni. Mi fermo a dormire da qualche parte e arrivo domattina».

Emma digitò velocemente: «Ti aspetto», e appena finito cancellò tutto. Era stata fortunata.

Irene rimase ancora un paio di minuti a parlare col dottore poi uscí.

Le chiese di nuovo il cellulare e digitò un messaggio.

– Vai, – le disse. – Avrai fame, è tardi.

Emma attese, ma non accadde nulla e Irene infilò il telefono in tasca.

– No, non molta, – rispose. – Posso fermarmi ancora un po'.

Tornarono indietro. La porta della stanza di Agnese era aperta. Accanto al letto un'infermiera stava cambiando la fisiologica. Le sentí arrivare e si voltò. – Un momento.

In fondo al corridoio una grande parete a vetri affacciava sulla città. Ormai si era fatto completamente buio. Le ali a emiciclo dell'ospedale che emergevano ai due lati della vetrata erano accese di luci fioche.

Emma osservò Irene a distanza. Un tempo era stata molto magra, ora invece il profilo del suo corpo aveva assunto un assetto stabile, radicato alla terra.

Le si avvicinò. – Non porti il velo. Perché?

– Non è richiesto, eccetto che per la preghiera, e spesso non è comodo. Ognuna ha il diritto di scegliere quello che crede. Le piú anziane non lo tolgono mai.

– Continuo a fare fatica a riconoscerti, cosí –. Emma afferrò delicatamente un lembo del suo abito. – Mi sento stupida per non averlo visto arrivare. Aveva ragione la tua badessa, – inclinò il capo verso la stanza dove giaceva Agnese. – Dio non salta fuori dai cassetti.

– Come potevi, se non ne avevo idea nemmeno io?

– Per me è stato inconcepibile. Perché tu eri, non so come dire, ardente. Credevo che avresti visto tutto, che saresti andata dappertutto.

– Quindi secondo te la mia vita oggi è una forma di morte dello spirito?

– Non lo so. Ma di sicuro è fatta di rinunce. A tutto quello che so che amavi.

– Tu invece per amore non hai mai rinunciato a niente?

Emma si ritrasse. Il lembo della veste le scivolò di mano.

– Non è la stessa cosa.

– Perché no? Non era di questo che parlavamo sempre? Lo scandalo del desiderio. Imparare a riconoscerlo e non rinnegarlo mai, a prescindere dal suo contenuto.

– E lo dicevi davvero pensando che potesse riferirsi a questo? – Indicò l'abito, senza toccarlo.

– No, certo. Ma è successo. Negarlo solo perché era

inimmaginabile sarebbe stata una vigliaccheria. Ognuno ha il suo carisma, e trovare una spiegazione non mi è mai sembrato importante.

Alle loro spalle l'infermiera uscí dalla stanza e si avvicinò. – Ho finito.

Irene fece un cenno. – Grazie.

Emma la vide esitare. Sullo sfondo dei palazzi illuminati vedeva i fari delle auto gettare luce sulla strada.

Irene sembrava voler aggiungere qualcosa, si tratteneva. Alla fine disse a voce piú bassa: – Io non sarei stata capace di alzarmi ogni notte per accudire un bambino che piange, per esempio. Tu invece l'hai fatto. Anche quella è una rinuncia, e con un vincolo ugualmente rigido –. Sollevò la testa. – Ma bisogna avere il coraggio di riconoscere anche lo spazio di libertà che si apre nel momento in cui lo accetti, perché scopri che ti appartiene.

Emma sentí di essere in prossimità di una ferita sigillata. Provava una paura senza fondo.

– So che non volevi, e so perché è successo, – continuò Irene. – È stata colpa mia.

Emma fece un passo indietro, la mano con il palmo appena sollevato come per mettere un ostacolo fra sé e le parole dell'altra. Pensò: fermati, non dire altro. Non desidero piú niente di quello che volevo allora. Non sono piú niente di quello che ero allora. Ma non le uscí un fiato. Riaffiorarono invece un ricordo e una domanda: quanto ti ho aspettata quella mattina?

Irene era tornata dalla pausa di studio in monastero il 3 agosto, poco piú di un mese dopo la fine della vacanza a Levico. Quella stessa sera Emma, che pochi giorni prima aveva scoperto di essere incinta, era corsa a casa sua per raccontarle tutto. Irene non si era agitata. L'aveva ascoltata con calma facendole domande precise.

Alla fine le aveva afferrato i polsi come se volesse trattenerla. «Dimmi cosa vuoi fare». Solo allora Emma si era resa conto che fino a quel momento non si era posta sul serio la domanda. Aveva bisogno di Irene per guardare in faccia la verità. Seduta sul letto, al suo fianco, le sembrò di respirare per la prima volta da giorni. «Non posso tenerlo, – aveva detto. – Non posso. È troppo presto. Non saprei come fare». Irene aveva annuito. «Bene, sono con te. Ne usciremo insieme».

L'aveva accompagnata in giro per consultori mettendosi in mezzo fra lei e i medici superficiali o giudicanti, finché non avevano trovato una dottoressa in grado di prendersi cura del problema. La donna aveva fatto i calcoli usando il calendario che teneva sulla scrivania. Emma ricordava ancora il gesto circolare della punta della matita sul triangolo di cartone. Aveva cerchiato il 26 settembre. «In termini di legge questa è l'ultima data possibile per l'interruzione di gravidanza, – aveva detto fissando Emma negli occhi. – Tienilo presente». Poi le aveva rilasciato il certificato.

Irene le strinse il braccio, facendole male. – È colpa mia, – ripeté ancora.

Emma annuí, rabbiosa. – Sí, è colpa tua. E magari ci pensi con orgoglio, perché Matilde non sarebbe nata se tu fossi rimasta –. Si portò una mano al petto. – E non importa quanto amo Matilde, o cosa sono disposta a fare per lei, questa è una pena che non posso piú cancellare. Invece per te è diventata una medaglia sul petto. Non hai mai voluto aiutarmi. Fingevi di volerlo fare, e intanto mi giudicavi. E invece di dirmi in faccia la verità sei sparita perché non hai avuto il coraggio di comprometterti!

La notte precedente alla data fissata per l'intervento, Emma non aveva chiuso occhio. La mattina alle sei e mezzo era uscita di casa. Il giorno prima con i suoi aveva inventato un impegno che l'avrebbe tenuta fuori casa tutto il giorno. Irene sarebbe dovuta venire a prenderla per accompagnarla in ospedale, ma non si era mai presentata.

Emma era rimasta ad aspettarla per mezz'ora muovendosi come un'ossessa lungo il marciapiede. Alle sette facevano già 25 gradi, l'umidità infettava l'aria. Le pareva di respirare acqua.

Si toccava la fronte e la sentiva bollente. Aveva la nausea, le gambe non la sostenevano. Alle sette e dieci aveva capito che non c'era piú tempo, e che se voleva andare fino in fondo doveva muoversi da sola. Si era avviata verso la fermata dell'autobus, e proprio allora suo padre era uscito per andare al lavoro. «Che fai ancora qui? Sei andata via mezz'ora fa. Non avevi un gruppo di studio?» Emma non sapeva cosa dire. «Sei pallida. Torna a casa». In quel momento l'autobus era apparso dietro la curva prendendo a risalire la strada.

Emma aveva guardato l'orologio: poteva farcela.

«Ecco l'autobus. Sto bene», obiettò debolmente. Suo padre girò la testa verso il mezzo che arrivava. Rimase sul ciglio della strada senza spostarsi, sembrava potesse deviarne il percorso con la forza. Poi tornò a fissare Emma. «Sali a casa, ho detto. E mettiti a letto». Emma non reagí. Vide l'autobus accostare, sentí il rumore delle porte che si aprivano e si richiudevano. Qualcuno scese. Lei non staccò gli occhi dall'autobus nemmeno vedendolo ripartire. La mole massiccia di suo padre gettava un'ombra sul marciapiede. «Emma, non farmelo ripetere».

E cosí era stata obbligata a risalire, ed era quasi svenuta sul letto. Era rimasta immobile due giorni con una febbre altissima come in vita sua non aveva mai avuto. Per tutto il tempo, incapace di alzarsi, aveva ripetuto dentro di sé: fa' che basti questo. Che la febbre sia forte a sufficienza da strapparmelo via. Andava in bagno pregando di trovare tracce di sangue che potessero darle una speranza, ma non c'era mai segno di perdite. Quando il terzo giorno fu di nuovo in grado di mettere i piedi a terra, sapeva benissimo che il bambino era lí.

Irene nel frattempo non si era fatta viva in nessun modo. Emma l'aveva cercata cento volte al telefono. Rispondeva sempre la madre farfugliando cose senza senso. «Ma dov'è? È sicura che stia bene?» La madre sragionava, non sembrava in grado di spiegarsi. Per Emma era chiaro che doveva esserci dell'altro, qualcosa che la donna non voleva dirle.

Quando era riuscita di nuovo ad alzarsi dal letto, Emma aveva tentato di ripetere la trafila delle prenotazioni sapendo che ormai mancava pochissimo tempo. Aveva pianto e supplicato agli sportelli, ma la procedura era lunga, complessa, minuziosamente regolata.

Un'impiegata l'aveva guardata senza fare alcuno sforzo per nascondere il disprezzo. «I tuoi lo sanno?» «Ho ventidue anni». «Hai ventidue anni ma sei qui all'ultimo momento. Non sei tanto brava a cavartela da sola».

Ha ragione, aveva pensato Emma. E non erano i suoi che le mancavano. Era Irene. Perché Irene non si sarebbe mai fatta trattare in quel modo.

In ogni caso non funzionò. Né chiedere, né pregare, né piangere ottennero alcun risultato. Il termine ultimo per l'interruzione di gravidanza passò e non ci fu piú niente da fare.

Irene le si avvicinò. – Volevo aiutarti, Emma, non ho mai voluto condizionare le tue scelte. Non era un giudizio, la mia era paura. Non ero lucida e ho protetto la mia fragilità. Quando ho capito che non potevo sostenere il caos di entrambe, ho dovuto scegliere, e tu hai pagato. È di questo che chiedo scusa.

Emma si allontanò ancora, ma la vergogna era una marea.

Cominciò a piangere piano, le parole erano un mugolio. Provò il desiderio di giustificarsi: – Quando Matilde è nata è cambiato tutto.

Irene si avvicinò, tentò di sfiorarla. – Sono sicura.

Emma la respinse con un braccio. – Perché non ti sei fatta viva almeno dopo?

– Perché credevo che per te sarebbe stato meglio. Mia madre mi dava tue notizie. Ho pensato che tornare a cercarti quando ormai avevi smesso di averne bisogno fosse egoista, e utile solo per me.

Emma si allontanò di qualche passo. La rabbia riprendeva a palpitare. – E non è quello che stai facendo ora? Caricarti di tutta la colpa per farmi pietà?

La ossessionava l'immagine di Matilde che il giorno prima arrivava al monastero. Per Irene doveva essere stata la conferma che Emma era la peggiore delle madri. Perché Irene non conosceva che l'inizio e la fine. All'inizio una donna mediocre che vuole abortire, alla fine una madre che perseguita la figlia spingendola a scappare di casa. Tutto quello che stava nel mezzo, tutto quello che Emma aveva fatto per amore, era invisibile e non contava niente. Inspirò a fondo e si riprese. – Vuoi davvero che ti creda? Dimostrami che sei sincera. Spiegami perché Matilde è venuta a cercarti.

– Voleva parlare, nient'altro. Parlare ed essere ascoltata.

– Io l'avrei ascoltata. Non ho mai voluto altro. Perché è venuta da te?

– Non lo so, Emma. Posso dirti che cercava una distanza e che non odia nessuno, di sicuro non te. Deve prendere una decisione. Se crede di doverlo fare senza interferenze, ne ha diritto.

– Com'è possibile che si senta meno condizionata da una suora che da sua madre? Che consiglio puoi darle tu che non sia assolutamente ovvio?

– Ti garantisco invece che non cercherei di forzarla in nessun modo.

– Stai parlando con me! L'hai fatto con me! Dicevi di volermi proteggere e te ne sei andata.

– Non sono la stessa persona, non ripeterei quello sbaglio. Se dovesse tornare, permettimi di aiutarla.

Emma rimase in silenzio. Indietreggiò fino a sentire la schiena contro la parete. Il radiatore nero emise un sibilo, poi un gorgoglio. Avvertí il contatto con il metallo freddo, e sentí la lingua gelida dell'acqua che risaliva verso l'alto.

Poi si riscosse. – Non tornerà da te, – disse. – Sono in grado di occuparmene io.

20.

Durante gli ultimi mesi della sua gravidanza, Emma non aveva fatto altro che sognare disastri naturali. L'acqua, il fuoco, la cattiveria degli uomini.

Si svegliava con l'affanno, cercando pace nel respiro di Fausto al suo fianco, ma appena riusciva a calmarsi si metteva subito in moto un diverso ciclo di ossessioni, da cui non poteva svegliarsi. Il meccanismo elementare del concepimento, l'idea che l'inizio implichi la fine. Assumersi la colpa di aver dato vita a una creatura che dovrà morire.

Era spaventata e non ne parlava, ma non era questo a sorprenderla. La stupiva invece un'altra evidenza: non riusciva a sentire nulla.

Ormai non era piú preoccupata delle conseguenze, il peggio era passato andando a vivere con Fausto. Ma all'accettazione del figlio non era seguito l'amore. L'unico legame che avvertiva era quello della responsabilità.

La gravidanza era andata bene, a parte l'intoppo del quinto mese, quando saltò fuori un sospetto di preeclampsia. «Ma non ci sono rischi se la situazione viene monitorata», aveva detto la dottoressa. «Si tratta solo di fare attenzione alla dieta – al sale soprattutto –, tenere sotto controllo la pressione, e assumere magnesio per via orale».

Fu il primo sacrificio. Costò poco, e anche Fausto rinunciò al sale per solidarietà. Quando Emma scolava la pasta, però, e Fausto le dava le spalle per apparecchiare, lei ne buttava due pizzichi nel suo piatto prima di versare il sugo. Restava a guardarlo mentre mandava giú i primi bocconi e l'espressione si distendeva. «Pensavo peggio».

La bambina – seppero che era una femmina alla quindicesima settimana – era arrendevole e quieta. Passava la maggior parte del tempo a nascondersi. A volte, non fosse stato per la sporgenza sferica dell'addome e per le immagini spettrali delle ecografie, Emma avrebbe quasi dubitato di portarla in sé, come se abitasse profondità impenetrabili, preistoriche, riaffiorando solo a tratti nella cavità del suo ventre per brevissimi istanti prima di affondare di nuovo nell'abisso liquido e inaccessibile del buio.

Erano momenti che lasciavano Emma stupefatta. Faceva lunghi respiri sdraiata sul letto cercando di visualizzare il silenzio in cui riposava la figlia, e abitandolo in sua compagnia.

Chi sei?, sussurrava. Ed era come rivolgersi a una presenza intravista in controluce tra le mura di una casa abbandonata.

Sapere che era femmina però le diede una pace istintiva. Un maschio le avrebbe fatto paura, una bambina invece evocava un'idea di intimità viscerale.

Dal momento in cui scelsero il nome, un mese prima della nascita, l'identità di Matilde precipitò tra loro cominciando a delinearsi in modo netto, come fosse stata in attesa solo di quell'atto ufficiale per affermare chi era.

Le ultime settimane Emma chiese a Fausto qualche consiglio sulla musica da ascoltare. Voleva mettere Matilde alla prova. Ne approfittava per imparare qualcosa anche lei, visto che non ne capiva niente. Le sembrava di poter dire che Matilde reagisse bene a un certo rock vintage cerebrale che lui amava molto – Yes, King Crimson, Tangerine Dream. Le piaceva anche la musica classica, Bach soprattutto, mentre alcuni compositori roboanti dell'Ottocento le procuravano un leggero sussulto ritmico che somigliava a una risata.

Emma sentiva che la bambina era a suo agio anche passeggiando nei giardini di Castel Sant'Angelo, la cosa piú simile a un parco che riusciva a raggiungere a piedi da casa, quando non era troppo stanca. Oppure dentro le chiese, specie quelle eccessive e barocche tra il Pantheon e Campo de' Fiori, con gli angeli che incombono sulle volte e precipitano dalle cornici nell'apertura immensa delle ali.

Apprezzerà l'arte o si sdraierà sui prati? Difficile dirlo. Di una cosa però Emma era certa: avrebbe amato la misura. La sua mano andava alla pancia e percepiva la sagoma di un alleato. Sentiva che quella creatura avrebbe potuto salvarla.

Non era ancora un amore compiuto. Ma la bellezza del mondo pareva moltiplicarsi all'idea che avrebbero potuto condividerla insieme. Lei e la bambina solo immaginata, ancora sconosciuta, brulla e indecifrabile come un continente lunare.

Il 19 marzo del 2000 era una domenica. Verso le quattro del pomeriggio Emma e Fausto uscirono per una passeggiata. A piazza Risorgimento il sole era ancora alto al di là del profilo delle mura vaticane. Lungo via Ottaviano un numero immenso di storni si affollava e si disperdeva a ondate, al punto che il cielo turchino e senza nuvole si intravedeva solo a tratti, come attraverso una griglia. Il traffico era piuttosto intenso malgrado fosse un giorno festivo. L'aria sapeva di benzina.

Il tempo del parto stava per scadere. Era questione di giorni, forse di ore, o almeno cosí dicevano i calcoli perché Matilde, al solito, non dava alcun segnale della sua presenza. Rimaneva quieta come era stato per l'intera durata della gravidanza.

Poi però, appena tornati a casa, le contrazioni partirono. Per qualche ora la frequenza e la forza rimasero blande.

Il consiglio dell'ostetrica era stato: se non aumentano di intensità, anche se sono ravvicinate, non muovetevi. È un tempo che deve passare, e a casa starete sempre piú comode che in ospedale.

Ma proprio allora Agata aveva telefonato ed Emma non era riuscita a impedire a Fausto di dire la verità. Non voleva condividere nulla di quel momento con i suoi genitori.

Immaginò la madre che cominciava a dare ordini, e forse si preparava a raggiungerla. Le corse un guizzo lungo la spina dorsale che la spinse a sedere sul divano. Le tornò in mente di nuovo l'ostetrica: l'unico motivo per cui ha senso farsi ricoverare nella fase iniziale del parto, aveva detto, è se l'ambiente in cui vi trovate risulta stressante. In quel caso l'ospedale può essere una risorsa.

Mise i piedi giú dal divano e fece segno a Fausto che si poteva andare.

In pronto soccorso al Fatebenefratelli la lasciarono seduta per un tempo lunghissimo prima che saltasse fuori qualcuno disposto a vederla. Una contrazione ogni quarto d'ora, ma la frequenza non si intensificava e il dolore era sopportabile.

Finalmente vennero a prenderla con una carrozzina e la portarono via.

La visitò una ginecologa mentre le contrazioni aumentavano. Le fece un'ecografia, misurò la dilatazione, poi si accostò al lettino. Aveva un sorriso disarmato e incoraggiante. «La ricoveriamo», disse. «La lascio con il collega di turno stanotte». E la affidò a un'ostetrica.

La donna la portò in un'altra stanza. Le disse di cambiarsi, andare in bagno e stendersi sul lettino. Dopo una ventina di minuti arrivò il nuovo ginecologo. Era giovane, distratto, un'espressione assente e le mani cacciate a forza nelle tasche deformate del camice. Emma si sentí subito in pericolo.

L'uomo chiese a Fausto di uscire e la visitò senza mai rivolgerle direttamente la parola. Le contrazioni aumentarono. Il dolore prese a intensificarsi. Diffuso e oppressivo all'altezza del ventre, e affilato come un chiodo sui reni.

Il medico sedette al tavolino. Diede indicazioni all'ostetrica, che fissò le fasce del cardiotocografo al ventre di Emma, poi con molta calma cominciò a consultare la documentazione delle analisi che Fausto aveva lasciato sul tavolo. Prese a scrivere con meticolosità.

Sfogliò il plico ripassando piú volte sugli stessi fogli. Si fermò a leggerne uno con particolare attenzione. Emma riconobbe il modulo del consenso informato per l'epidurale.

– Non sono obbligata, vero? – chiese. Non le occorreva la risposta, sapeva già tutto, ma aveva bisogno di stabilire un contatto con lui. Aveva paura, sentiva dolore, e la spaventava la freddezza di quell'uomo che avrebbe dovuto restarle accanto nei momenti peggiori. Lui sollevò appena la testa dalla cartella. – Non vuole l'epidurale? – domandò senza guardarla.

– Vorrei provare a farne a meno, se riesco.

Il medico riprese a scrivere senza aggiungere una parola. Alla fine le fece alcune domande. Continuava a darle le spalle, la schiena curva, la posa da amanuense. Emma capiva a malapena perché lui parlava a voce molto bassa, e nel frattempo le era partita una nuova contrazione.

– Il tampone, – disse lui alla fine tornando a sfogliare le analisi. – Mi ha detto che è negativo. Dov'è l'esito?

Emma non seppe cosa rispondere. – Il tampone?

Il medico scandí le parole. – Il tampone vaginale-rettale. Mi ha detto di averlo fatto un mese fa.

– Era negativo.

– Io però devo vederlo. Dov'è l'esito? – E le porse l'intero fascicolo.

Sdraiata sul lettino e bloccata dalle fasce del macchinario, Emma si sentiva impotente come un insetto rovesciato sul dorso. Allungò la mano, prese il plico. Alcuni fogli scivolarono in terra.

Il medico si chinò a raccoglierli e glieli restituí. Emma gli lesse sul viso l'irritazione.

Non riusciva a deglutire. Voleva piangere ma non osava. Aveva paura che sua figlia potesse risentire di tutta quella freddezza inutile.

Fu in quel momento che senza preavviso la colpí con violenza il senso dell'amore. Una chiamata al coraggio bucò il diaframma che fino ad allora l'aveva tenuta separata dalla figlia. Matilde smise di essere un abitante invisibile del suo corpo e diventò una creatura vivente e vulnerabile, che Emma era assolutamente determinata a proteggere.

Sfogliò le carte che il medico le aveva dato finché il referto del tampone non saltò fuori. Glielo porse. Lui diede un'occhiata superficiale e lo abbandonò sul tavolo.

Si alzò e controllò di fretta la dilatazione. Si tolse il guanto in lattice, lo gettò nel cestino e uscí.

Emma riprese a respirare liberamente. Solo allora si accorse che l'ostetrica era rimasta nella stanza per tutto il tempo. Invisibile in presenza del medico, prese vita non appena lui se ne fu andato.

– Non ci faccia caso. Non è cordiale ma è scrupoloso. E stasera siete in tre a partorire, – le disse sistemando il cuscino. – È comoda cosí? – Emma capí che quella era una donna su cui poteva contare. – Torno fra poco e la stacco dalla macchina. Cosí se vuole può alzarsi e camminare. A volte aiuta.

– Va tutto bene? – Emma indicò la porta da cui era uscito il medico. – Perché non sembrava tanto contento.

L'ostetrica sorrise. Poi però tornò seria e quasi severa. – Impari a non farci caso, qualunque cosa dica. Non è lui che sta partorendo, se lo ricordi.

Uscí senza chiudere, accostando la porta.

Fausto rientrò. Rimase in piedi. Non sapeva come rendersi utile. – Vuoi mangiare qualcosa? Ti porto un caffè? – Ma si corresse subito. – Scusa. Non puoi. Lo so. Scusa.

L'ostetrica rientrò mezz'ora dopo e la staccò dalla macchina sganciando le fasce. Emma si alzò con lentezza e si avvicinò alla finestra.

– Sei sicura che ti senti di stare in piedi? – chiese Fausto. Lei annuí.

Fuori ormai si era fatto buio ed era tutto confuso. Si intravedeva solo il profilo degli alberi che separano l'ospedale dal Tevere, e il cielo scuro che abbracciava gli edifici al di là del fiume.

L'ostetrica la fece sdraiare, visitandola di nuovo. – Sei centimetri. Sta andando bene, – disse.

Ma quando tornò piú tardi, e poi ripassò a distanza di venti minuti, sembrò meno ottimista.

– Che succede? – domandò Fausto.

– La dilatazione non cresce come dovrebbe. A volte capita. In genere è lo stress. Continui a camminare.

Emma seguí le istruzioni. I respiri però le uscivano cortissimi senza mai gonfiarle i polmoni. Non faceva che sputare fuori l'aria camminando avanti e indietro. La frustrazione di Fausto cominciò a irritarla.

– Esci, per favore. Vatti a bere qualcosa –. Lui cercò di resistere, ma capí che faceva solo peggio e lasciò la stanza.

Poco dopo medico e ostetrica entrarono insieme.

– Si metta sul lettino, – disse lui, e infilò una mano prima ancora che lei sollevasse tutte e due le gambe sui supporti. L'ostetrica intervenne con delicatezza, aiutandola a sistemarsi.

– Quando hai controllato l'ultima volta? – domandò il medico. La donna guardò l'orologio. – Un quarto d'ora fa.

Poi Emma non sentí piú nulla perché una contrazione la spinse a sollevare il busto. Il dolore raggiunse in un attimo un picco insopportabile. Urlò.

Riprese fiato, quasi singhiozzando. – Mi dica che succede, per favore.

L'ostetrica la affiancò al lato del letto. – Siamo ancora a sei centimetri, come un'ora fa, – le disse. – Il dottore ha deciso per il parto pilotato.

– Che significa? Un cesareo?

– No, stia tranquilla. Le diamo ossitocina e antispastici. Quasi sempre è sufficiente.

– Ma è necessario? È una cosa pericolosa? – Strinse la mano dell'ostetrica.

Il medico afferrò la cartella sul tavolo. Venne accanto al letto e le parlò a ritmo lento, quasi monotono, come leggesse una lista della spesa. – Dipende da lei. Se rifiuta non posso imporglielo. Però qui leggo che c'è una diagnosi di sospetta preeclampsia. Se rifiuta l'ossitocina e il travaglio si blocca ci sono dei rischi. Rottura della placenta, insufficienza renale acuta, edema polmonare, distacco della retina, ed emorragia intracranica. In qualche caso anche la morte. Poi bisogna considerare i rischi per il bambino. Morte fetale, ricovero in terapia intensiva e ritardo nella crescita.

Si affacciò un infermiere spalancando la porta senza bussare. – Dottore, urgente, di là –. Il medico lo seguí.

L'ostetrica le accarezzò il dorso della mano. – L'ossitocina è quasi di prassi, in questi casi. Accelera il travaglio e diminuisce i rischi, tutto qui. E in questo modo forse si può evitare l'amniotomia.

– Cos'è? È rischiosa?

– Assolutamente no. È una procedura molto semplice e indolore. Però dopo l'ossitocina spesso le membrane si rompono da sole in modo spontaneo, ed è meglio, no?

Emma si abbeverò al calore del contatto e della voce della donna, che aveva occhi chiari e una presa ferma. Avrebbe voluto portarsi la sua mano alla guancia. L'altra però comprese e con delicatezza si sfilò via. – È il momento di essere forte, signora, lo capisce? Dia ascolto al medico. Se è d'accordo per l'ossitocina vado a dirglielo.

Emma annuí, e la donna rientrò cinque minuti dopo con il farmaco.

Le sostenne il busto mentre Emma passava attraverso un'altra contrazione lacerante, poi riprese a trafficarle intorno. Emma non si rese nemmeno conto dell'ago che le infilava in vena, e solo girandosi si accorse della pompa a infusione accanto al letto.

A malapena realizzò che Fausto era rientrato nella stanza. L'avevano insaccato in un camice di plastica verde, in testa una cuffia dello stesso colore. Si teneva in un angolo per non essere d'intralcio. Emma non ricavò alcun sollievo dalla sua presenza.

La donna li lasciò soli per mezz'ora. Le contrazioni crebbero ancora di numero e violenza. Fausto le veniva vicino senza sapere come toccarla. Si aggirava da un lato all'altro del letto, un'anima in pena. Emma gli stringeva la mano durante le fitte, e subito dopo lo allontanava con dispetto.

Poi vide il medico e l'ostetrica insieme ai piedi del letto. Anche lui indossava camice e mascherina. La visitò di nuovo.

– Niente, – disse rivolto all'ostetrica. – Membrane intatte.

Emma li ascoltò parlare senza capire una parola. L'ostetrica le appoggiò un contenitore di metallo sotto il bacino, e passò al medico uno strumento.

Un attimo dopo Emma avvertí una pesante massa fluida che si liberava dentro di lei, e trovava la via per scorrerle fuori dal corpo in mezzo alle gambe. Riconobbe il rumore metallico del liquido che finiva nella bacinella. Quando il flusso si esaurí il medico ritirò il contenitore, osservandolo con attenzione.

L'ostetrica allungò il braccio per farsela consegnare, ma il medico la ignorò, appoggiandola in terra e allontanandola con un piede. La bacinella urtò la parete e una parte del liquido fuoriuscí versandosi sul pavimento.

– Ma la dilatazione? – chiese Fausto.

E l'ostetrica, sottovoce: – Dieci centimetri. Tranquilli, ora è tutto a posto.

Il medico si rivolse a Emma. – Alla prossima contrazione voglio che cominci a spingere, mi capisce?

Emma fece cenno di sí. Non aveva idea di dove avrebbe trovato la forza. Allora le venne spontaneo rivolgersi a Matilde. Sottovoce pregò «aiutami». Poi richiamò tutta l'energia che le restava e a ogni nuova contrazione spinse fino allo stremo. Passò un tempo che pareva senza fine. Poi Matilde finalmente venne al mondo.

Emma la vide mentre la sollevavano, sentí l'esplosione del pianto e si mise in attesa. Un'infermiera, che non aveva visto entrare, si avvicinò con la bambina in braccio, avvolta in una coperta scura. Piangeva ancora, ma piú debolmente.

Sei tu?, pensò Emma, allungando le braccia per accoglierla.

Quando l'infermiera le porse la bambina però la assalí la paura di farle del male. Ebbe l'impulso di respingerla, ma la trattenne la vergogna del gesto. Poi il corpo di Matilde entrò in contatto con il suo, la mano di Emma le sfiorò la schiena, scorrendo lungo le increspature quasi impercettibili della colonna vertebrale che avevano una consistenza morbida, di cartilagine. Il pianto cessò definitivamente, e in quell'istante dilatato Matilde fu una cosa sola con lei, unica e indivisa.

Dopo qualche minuto gliela tolsero dalle braccia. Fausto era in piedi, al suo fianco. Per una forma di pudore non si era intromesso in quel primo abbraccio, come per confermare che conosceva la sua posizione, e che non voleva prendersi nessuna libertà. Solo quando l'infermiera sollevò di nuovo la bambina Fausto allungò il braccio e afferrò un pugno di Matilde, depositando tra le dita serrate un bacio leggero e pieno di timidezza. Sembrava un pellegrino ai piedi di un altare.

Emma e Fausto si scambiarono un'occhiata. Erano pieni di stupore, non si riconoscevano, ma compresero subito che il rilievo di Matilde fra loro avrebbe capovolto ogni equilibrio.

– Te la riporteranno fra qualche ora, – disse Fausto chinandosi verso Emma. – Ho parlato con l'infermiera. Tu devi riposare.

Comparve di nuovo l'ostetrica. Emma non riuscí a ringraziarla, era ancora troppo stordita. La donna la scortò fuori camminando accanto al lettino, e la lasciò andare quando i barellieri la infilarono in ascensore.

– Non si spaventi nel caso in cui la bambina ci mettesse un po' ad arrivare. Sono le tre e mezzo. Se il parto è in piena notte ci vuole piú tempo, dipende dai cambi di turno –. Emma sorrise. Annuí. Ormai il peggio era passato.

Sollevò la mano con fatica per un cenno di saluto. L'ostetrica aveva una faccia affranta ma rispose al sorriso.

Alle sei del mattino non si era ancora visto nessuno. Si fecero le sette, le otto. Un paio di infermieri uscirono ed entrarono. Erano gentili, distaccati, ma appartenevano al reparto e non sapevano dire nulla della bambina, che era altrove, in neonatologia. Non facevano altro che ripeterle di stare calma girando intorno al suo letto.

Alla fine, poco dopo le nove, un'infermiera di pediatria entrò spingendo una culla metallica imbottita.

Emma si tirò a sedere sui gomiti a fatica. Fausto si alzò avvicinandosi alla culla. La donna lasciò che osservassero la bambina.

Matilde dormiva a pancia in su. Respirava con forza. Il torace era un piccolo mantice ben visibile che ondeggiava. Portava una tutina bianca fissata alle spalle da due clip e sembrava indifferente a tutto.

– Se non le dispiace uscire, do qualche indicazione alla signora, – disse l'infermiera a Fausto, che si allontanò.

La donna aveva modi cortesi, ma Emma ebbe l'impressione che la gentilezza fosse simulata, o fuori posto. Infatti appena Fausto si chiuse la porta alle spalle cambiò espressione e si indurí.

– Allora, – disse, – è il primo figlio, no? – Emma ebbe una vertigine. La cosa implicava una colpa?

L'infermiera afferrò con sicurezza la bambina dalla culla, strappandole un pigolio lamentoso, e la mise senza grazia tra le braccia di Emma.

Matilde, risvegliata dal movimento brusco, si agitò e scoppiò a piangere. L'infermiera si sporse verso Emma, sbrigativa. Le manipolò le braccia come un burattino. – Qui. La mano destra cosí. L'altra sotto la nuca, la sostenga –. Il pianto di Matilde aumentò di intensità.

L'infermiera prese a elencare le prescrizioni una dopo l'altra, come le voci di una lista, senza darle il tempo di capire, e intanto, a gesti, imponeva a Emma di assumere una presa conforme.

– Questa è la posizione a culla, – disse girando Matilde su un fianco. – Viso, stomaco e ginocchia rivolti verso di lei.

Emma cercò di metterla in pratica. Ma mentre Matilde cominciava ad assestarsi e a rallentare il pianto la donna le scoprí il seno e partí con le indicazioni per l'allattamento. – Deve afferrare qui, cosí, quattro dita sotto la mammella. L'areola tutta nella bocca del bambino, il corpo contro il suo, perché non deve girare la testa.

A Emma veniva male ogni cosa. Un disastro.

Vide la donna spazientirsi. Desiderò che uscisse. Aveva ancora molta paura di fare del male a Matilde, eppure le pareva osceno continuare a muoversi come una macchina. Voleva provare ad accarezzare la figlia per il solo piacere di toccarla, invece ogni gesto spontaneo veniva respinto dall'infermiera come inutile. – Si sollevi di piú, cosí la soffoca. Non sia impaziente. Non vede che ricomincia a piangere?

Le tolse la bambina dalle braccia con insofferenza. Rimasero a fronteggiarsi. Emma si sentiva furiosa ma non osava aggredirla, specie ora che aveva in mano sua figlia.

Nelle braccia dell'infermiera il pianto di Matilde iniziò a diminuire. Emma timidamente la riprese con sé. Di nuovo l'odore della bambina le arrivò dritto al cervello. Affondò il naso al centro del petto del corpo minuscolo per riappropriarsi di ogni singola traccia olfattiva. Quando Matilde non era con lei le sembrava di coglierne una traccia ovunque.

La situazione si ripeté identica per un paio di giorni. L'infermiera portava dentro la bambina e veniva a darle istruzioni. Lasciava la culla nella stanza ma spesso rientrava a sorpresa, mentre Emma stava allattando, e aveva sempre qualcosa da ridire. Matilde, dal canto suo, tollerava tutto senza mai dare in escandescenze. Era come se per lei non facesse differenza.

E fu per questo che, nel confronto con l'infermiera sul modo di intendere i bisogni vitali di Matilde, Emma finí per dubitare di sé e sentirsi perdente. Perché, a differenza di lei, non aveva alcuna esperienza.

Un po' per volta cedette. Si adeguò alle istruzioni. Ricacciò indietro il desiderio fisico del corpo di sua figlia e interiorizzò quel che la donna le insegnava, nell'ordine esatto in cui la lezione le veniva impartita. Bandí il piacere a favore della conoscenza, e si sorprese in fondo di trovare quell'amputazione quasi giusta, perché per tutta la vita le avevano insegnato che dove c'è piacere senza sforzo si nasconde quasi sempre un'insidia. Lo fece per Matilde. Qualcuno piú competente di lei garantiva che questo era il meglio per sua figlia. Sapeva che se per supponenza o superficialità se lo fosse lasciato sfuggire, non sarebbe mai riuscita a perdonarselo.

21.

Emma si sentiva lucida, pronta ad affrontare qualsiasi cosa. La frenesia le faceva formicolare le gambe. Si alzò in piedi alle sette e mezzo e si concentrò sui dettagli a cui non aveva ancora pensato.

Avrebbe aspettato Matilde all'ingresso del monastero. Non sarebbe stato difficile riportarla subito a casa, Irene era certamente impegnata con il trasferimento di Agnese, e con un po' di fortuna sarebbe stata ancora in ospedale.

Si vestí in fretta e mise via le sue cose. Non mangiò né bevve nulla, nemmeno un caffè. Mezz'ora dopo scese le scale, buttò la busta con la sua roba nel portabagagli e cominciò ad aggirarsi in cortile.

Poi decise di sedersi in macchina e attendere lí. Il portone del monastero era a una trentina di metri, perfettamente visibile.

Accese la radio ma la musica la innervosiva. Finí per fermarsi su un canale di servizio che dava aggiornamenti sulla rete autostradale e ogni quarto d'ora ripercorreva la penisola da nord a sud.

Per fortuna Matilde detestava le auto e le moto, senza mezze misure. Era una delle poche cose per cui Emma non aveva mai avuto motivo di preoccuparsi per lei. Per definire Matilde occorrono sempre termini assoluti, pensò. Odiare. Detestare. Rifiutare. Matilde è a suo agio solo con i verbi che segnano un confine, e lo è sempre stata, perfino prima che l'adolescenza arrivasse a legittimare la sua trincea. Deve essere stato questo ad attrarla verso Irene. In fondo in lei c'è molto della monaca laica. Una ferocia manichea ostentata come una ferita che non si rimargina mai.

Poco prima delle otto e mezzo vide uscire un'auto bianca dal cancello del monastero. Dentro c'erano cinque sorelle. Immaginò che fossero dirette in ospedale.

Passarono le nove, poi le dieci. Dentro l'abitacolo l'aria si era fatta soffocante. Il sole era una sfera isolata e alta nel cielo senza nuvole. Emma aprí la portiera e un refolo d'aria si infilò nell'auto e le diede tregua.

Alle dieci e mezzo non riuscí piú a restare seduta. Scese e si sporse dalla balaustra affacciata sulla strada che risaliva a tornanti lungo il fianco della collina. Matilde doveva passare di là, non c'erano alternative, era escluso che spuntasse dal bosco. Poteva aspettarla anche fuori dalla macchina.

Piú in basso circolava qualche auto, nessuna però si spingeva fino in cima alla collina. Rallentavano, allargando la traiettoria prima dell'ultimo tornante, e proseguivano infilandosi sotto l'arco di accesso al borgo.

Infine la familiare tornò al monastero seguita da un'ambulanza a sirene spente. Il corteo si muoveva con cautela. Si fermò davanti all'ingresso e la conducente andò ad aprire il cancello.

Emma si avvicinò. Nell'abitacolo, di spalle, tre monache erano sedute strette l'una all'altra. Una quarta era sul sedile davanti. Irene non c'era.

La suora stava trafficando ancora con la serratura quando Emma la raggiunse.

– Buongiorno, – disse sottovoce. L'altra ebbe un leggero sussulto. Felicita, che era seduta in macchina, riconobbe Emma e uscí dall'auto. Aveva un'espressione triste e austera. – Buongiorno, – rispose. Avanzò verso il cancello per aiutare l'altra a spalancare i battenti.

– Irene? – chiese Emma. Si guardò alle spalle. Temeva che Matilde scegliesse proprio quel momento per comparire.

– È con Agnese, in ambulanza.

La macchina superò lentamente il cancello, e l'ambulanza la seguí. Le suore scesero dall'auto. Felicita accostò dietro di sé i battenti, la salutò con un cenno del capo e sparí all'interno.

Emma controllò l'orologio sul cellulare, mancavano dieci minuti alle undici.

Chiamò Fausto che non sentiva da due giorni. Gli aveva mandato un messaggio appena arrivata dicendogli di non cercarla, a meno che non avesse notizie precise di Matilde.

Lui rispose al secondo squillo. – Dove sei? – Emma tagliò corto. – Ha chiamato? Sai dov'è?

Fausto esitò. – No. Ma ha mandato un messaggio ieri sera. Deve fare un'ultima cosa, le servono ancora un giorno o due, poi torna a Roma.

– Avvisami se si fa viva.

– Aspetta –. Fausto fece una pausa, titubante.

– Cosa?

– Dice anche che ha preso una decisione riguardo al bambino.

Emma registrò l'informazione, ma bloccò subito il flusso di pensieri che avrebbe potuto portarla lontano. Aveva bisogno di restare presente.

– Va bene, – e riattaccò senza salutarlo.

Tornò a sedere in macchina. In radio proseguivano i bollettini sulla viabilità. Una decina di minuti dopo vide il cancello del monastero riaprirsi e l'ambulanza uscire.

Agnese è felice a casa sua, pensò. Una bella morte, insieme alle persone che l'hanno amata.

Le undici e un quarto. Emma iniziò a tentennare. Il suo piano si sfilacciò, perse definizione. Le appariva puerile, legittimo ma ingenuo. Matilde doveva avere capito che i messaggi non arrivavano da Irene.

Ma anche di fronte al timore concreto che il suo fosse stato solo un calcolo ottuso, Emma non arretrò di un passo. Si strofinò gli occhi e rimase ferma al suo posto. E poco dopo le undici e mezzo Matilde comparve in fondo al piazzale, camminando piano verso l'ingresso del monastero.

Emma l'aveva desiderata cosí tanto in quei giorni che in un primo momento non riuscí a reagire. Rimase immobile, seduta al suo posto.

Matilde raggiunse il citofono. Emma la vide accostare la bocca per parlare, poi mettersi in ascolto. Cosa le stavano dicendo? Quasi certamente che Irene non poteva occuparsi di nessuno in quel momento. La immaginò chiedersi perché non l'avesse avvisata, convinta che fosse informata del suo arrivo. Probabilmente avrebbe tentato di chiamarla.

Infatti la vide mettere a terra lo zaino e tirare fuori il cellulare dalla tasca posteriore, poi portarselo all'orecchio.

Allora scese di corsa dalla macchina e si affrettò verso di lei. Matilde alzò lo sguardo sentendo sbattere la portiera.

Emma si rese conto di essersi sbagliata. Matilde non aveva nemmeno un sospetto, la geometria della sorpresa sul suo viso era inequivocabile. Non si aspettava che fosse lí, ed era certa che Irene non potesse averle mentito. Se aveva detto che sua madre se n'era andata, allora lei non doveva esserci.

Poi Irene rispose al cellulare ed Emma vide la figlia voltarsi di profilo e parlare.

Si affrettò a raggiungerla distendendo il volto in un sorriso. Poteva convincerla. Non veniva da nemica.

Matilde chiuse la conversazione e si voltò.

Quando furono a poca distanza Emma rallentò. Lo sguardo di Matilde non offriva spiragli.

Emma allungò un braccio verso di lei. Matilde si lasciò sfiorare la spalla senza ritrarsi. – Sei ancora qui, – disse, stanca.

Emma annuí.

– Avevo detto a Irene che sarei venuta solo se tu non ci fossi stata. L'ho chiamata adesso. Mi ha detto di non aver ricevuto il messaggio.

Emma continuò a tacere.

– Però ieri qualcuno ha risposto.

Si allontanò di poco girandosi a guardare il bosco. Per un attimo Emma ebbe paura che potesse mettersi a correre in quella direzione e sparire di nuovo.

– Sei stata tu? – chiese Matilde, sottovoce. – Un altro trucco?

Emma la osservò di spalle. Era alta, solida, eppure qualcosa della cedevolezza dell'infanzia sopravviveva ancora tra le pieghe del suo corpo. Una chiamata alla protezione, una richiesta impercettibile come un ultrasuono, che solo sua madre poteva sentire.

– Ho avuto moltissima paura per te, – disse Emma.

L'altra tentennò con la testa, sconsolata. – La tua paura non giustifica tutto.

– Se c'è una cosa che giustifica tutto è proprio questa, invece. Tu non capisci, perché sei una ragazzina. L'unica risorsa per un genitore in un caso come questo è cercare di limitare i danni. Ma devi lasciarmelo fare.

– Io però cosí mi sento braccata –. Le parole uscirono di bocca a Matilde come un uggiolio arrendevole. Emma intravide la possibilità concreta di convincerla. Le sembrava quasi di poterla toccare.

Invece all'improvviso lei raccolse lo zaino, se lo buttò con slancio su una spalla e si rimise in marcia. Emma le corse dietro cercando di tenere il ritmo della sua andatura.

– Dove vai?

Matilde infilò il braccio sotto la cinghia dello zaino. – Non lo so. Volevo tornare a casa, anche domani forse. Pensavo che ti fossi calmata, ma è inutile. Non ce la faccio a passare tutta l'estate con te che mi tieni sotto un vetrino.

Si fermò di botto e i suoi piedi sollevarono una piccola nuvola di polvere. Senza voltarsi verso di lei, disse: – Lo capisci che dobbiamo stare insieme ancora per un anno intero, e forse di piú, prima che riesca ad andarmene?

Solo in quel momento Emma realizzò che la testa aveva ripreso a farle male. Una contrazione lungo il tessuto muscolare alla base della nuca. «Non ho tempo per questo», pensò.

– Lo capisco, sí, – rispose. – E tu? Sto cercando di fare quello che è umanamente possibile per risolvere tutto. Non posso far finta che vada tutto bene. Tuo padre dice che hai preso una decisione sul bambino. Ti prego, parlami. Per una volta, trattami come una madre.

Matilde si girò verso di lei. – Tu non sei una madre, sei un secondino. Vuoi entrare nella mia testa –. Si batté il palmo della mano contro la fronte, gli occhi accesi. – Non ho il dovere di dirti tutto! – E riprese a camminare, distanziandola.

– Matilde, – la chiamò Emma, sperando che si fermasse. Ma lei non si voltò.

– Matilde!

La ragazza arrivò fino in fondo al piazzale e lí cominciò a rallentare. Infine si bloccò. Emma, sorpresa, riprese a camminare muovendosi con cautela verso di lei. Matilde si sfilò lo zaino che cadde in terra con un tonfo. Quando le arrivò accanto, Emma si accorse che qualcosa non andava. – Che succede?

Matilde era pallida. Sbatteva le palpebre come se avesse difficoltà a mettere a fuoco. Si portò una mano alla pancia.

– Stai male?

– Ho avuto dei crampi ieri sera, ma pensavo fosse passata.

Tremava appena. Emma le mise una mano sulla fronte, che era calda e appena umida.

– Non so se è il bambino, – disse Matilde.

– Hai avuto perdite?

– Stamattina sí, non molte però. Adesso non sono sicura, sono in viaggio da tre ore. Ma fa ancora male.

– Vieni, entriamo –. La prese sottobraccio e tornarono nella stanza che Emma aveva occupato in quei giorni. Matilde andò in bagno.

– Lascia la porta accostata, per favore, – disse Emma, e rimase immobile lí accanto.

Poi sentí bussare. Irene entrò senza attendere risposta.

Emma si voltò, ostile. Non aveva nessun motivo per essere lí, nessun diritto.

– Matilde mi ha cercata. È con te?

Lei rispose di malavoglia: – È arrivata ora. Non si sente bene.

Irene avvertí i rumori dal bagno e si avvicinò alla porta. – Matilde, hai bisogno di aiuto?

La ragazza uscí, e per la prima volta Emma le vide una di fronte all'altra.

E se Matilde avesse richiesto a Irene un sostegno, un abbraccio, sotto i suoi occhi? Non può succedere, si disse Emma. Non si conoscono abbastanza. Avanzò di poco e si mise tra loro.

– Come stai?

– Ho perso ancora sangue. E continua a farmi male.

– Stenditi, – ordinò Irene. – Faccio chiamare il medico. Per fortuna è già qui per Agnese.

Spalancò la porta accostata. Fuori attendeva Felicita, che doveva essere salita con lei. – Domanda al dottore di venire un attimo, per favore –. L'altra si allontanò in fretta.

A Emma venne in mente che avrebbe dovuto chiamare Fausto. Ma non voleva lasciare Matilde in quel momento. «Appena il medico la vede, lo farò. Almeno avrò qualcosa di preciso da dirgli».

Felicita rientrò dopo pochi minuti portando il dottore con sé. Matilde non aprí nemmeno gli occhi sentendolo entrare. Emma aveva la netta impressione che stesse peggiorando.

Il medico si fece spiegare brevemente la situazione. – Lasciateci soli un momento, – disse alla fine.

Emma si alzò controvoglia, Irene le andò dietro.

– È una persona capace, stai tranquilla, – le disse, richiudendo la porta.

Emma avvertí una nuova fitta alla nuca, e si portò una mano al collo piegandolo all'indietro. Irene non se ne accorse. Sembrava distratta, inquieta. Si accostò alla finestra e guardò fuori attraverso la fessura tra gli scuri accostati. Emma la raggiunse.

L'auto del monastero stava uscendo di nuovo.

Irene la seguí con lo sguardo. – È stato un dono passare la notte con Agnese.

Nella penombra Emma riconobbe il chiarore delle lacrime in fondo ai suoi occhi, ma Irene si trattenne. – Adesso avremmo bisogno di raccoglimento, di essere una cosa sola con lei, ma c'è ancora da fare con la burocrazia, altre commissioni –. Sospirò, indicando con il mento la macchina che si allontanava. – È la prassi, dobbiamo adattarci. Spero che per l'ora di pranzo sia tutto a posto –. Tornò a rivolgersi a lei. – Stai meglio, adesso che Matilde è qui?

Emma arrossí. Era certa che avesse capito in che modo erano andate le cose.

– Sei di nuovo pallida, – aggiunse Irene senza darle il tempo di rispondere. – È tutto a posto?

– Sto bene. E con Matilde non è molto diverso dal solito. Come parlare a un muro.

Si rese conto in quel momento che le chiavi della macchina erano nel quadro, e la borsa sul sedile accanto. Pensò di scendere, ma non voleva allontanarsi, e intanto il dolore alla testa aumentava. Lasciò perdere. Che le rubassero pure tutto, non era importante.

Irene spalancò gli scuri per far entrare piú luce. – Non so se per te sia un conforto, ma io non ho permesso a mia madre di avvicinarsi per moltissimo tempo. Non capiva chi ero, né prima né dopo la decisione di entrare in monastero. Mi sembrava un'offesa imperdonabile.

– E quindi? Dovrei farmelo andare bene perché è successo anche a te?

– Non occorre pensarla allo stesso modo per aiutare qualcuno. Può esserci amore anche nella furia. Può esserci amore nella distanza.

Emma ebbe una leggera vertigine. Allungò una mano e si puntellò contro il muro. Irene le si avvicinò. Anche Felicita, che era rimasta ferma nel corridoio, la fissava.

– Cosa c'è?

– Niente. Ti dico che sto benissimo, – e rientrò nella stanza senza aspettare che il medico la chiamasse.

Lo trovò seduto al tavolo a scrivere qualcosa. Concluse in fretta e le porse il foglio. – È il caso di fare degli accertamenti. Ho dato qualche indicazione ai colleghi, ma va portata in ospedale. Senza perdere tempo.

Emma ebbe un brivido. Chiudere Matilde in auto e andare via. Averla di nuovo solo per sé. – Vado io, – disse. – Conosco la strada.

– Non puoi andare da sola, – intervenne Irene, che era

entrata dietro di lei. – Ti aiuto a portarla giú. Si avvicinò a Matilde distesa sul letto e si piegò verso di lei.

Felicita, che era stata quasi invisibile fino a quel momento, si affacciò sulla soglia. – Madre? – disse. E il tono era una supplica. Irene non rispose. Con delicatezza scosse Matilde per una spalla. – Te la senti di alzarti? Hai bisogno di aiuto?

Matilde emise un mugolio e si tirò su a sedere.

Emma allontanò Irene costringendola a lasciare Matilde, che scivolò di nuovo sul letto. – Non mi serve il tuo aiuto, – disse Emma.

– Sei in pessime condizioni. Vuoi davvero correre il rischio?

Felicita si avvicinò al letto. Teneva la testa alta, come volesse obbligare Irene a guardarla. – Madre, – ripeté. – La prego. Non può andarsene ora. Lei conosce la gravità della situazione.

Irene annuí. – Lo so. Ma questa ragazza non può restare senza assistenza.

– Il dottore? – obiettò Felicita. – Può accompagnarle lui.

– No, – continuò Irene. – Se adesso lo lasciamo andare, dovrà tornare piú tardi per finire, facendoci perdere ancora tempo. Abbiamo il dovere di dare ad Agnese la pace di cui ha bisogno, prima possibile –. Felicita però non abbassava gli occhi e non si allontanava. Le tremava una mano, che teneva quasi attaccata al busto, come per impedirsi di fare un gesto scomposto. Emma provò pena per lei.

– Torna di là e occupati del dottore, – aggiunse Irene con dolcezza. – Fai in modo che finisca in fretta. Io rientrerò al piú presto.

Irene fece un cenno al dottore, che era rimasto in disparte. Lui uscí. Felicita invece non si mosse. Sembrava quasi decisa a non farle passare.

Irene tornò a chinarsi verso Matilde e le mise un braccio sotto la spalla. – Prendila dall'altro lato, – disse, rivolta a Emma. E poi, a Felicita, ancora immobile al centro della stanza: – Agnese resisterà fino al mio rientro. Adesso vai.

Felicita si mosse appena. Aveva registrato l'ordine, e non riusciva a eseguirlo. – Ti ho detto, vai.

22.

Fausto ricevette la chiamata di Emma mentre era al bar sotto l'ufficio in pausa pranzo. Si sentiva solo e desolato. Emma e Matilde erano fuori da giorni, nessuna delle due lo chiamava e di rado rispondevano quando tentava di mettersi in contatto con loro.

Vide il nome di sua moglie sul display del cellulare ed ebbe un sussulto di gioia. Emma cominciò a rovesciargli addosso frasi sgangherate senza un filo logico. Matilde stava male, fu l'unica cosa che capí.

– Fermati e respira, – le disse. – Stai calma. Dimmi dove siete.

– Ad Arezzo, l'ospedale San Donato.

Partí di corsa avvisando l'ufficio con una chiamata, in giacca e cravatta cosí come si trovava, sfilandosele prima di mettersi in auto.

Lungo il tragitto ripensò alle parole di Emma, cercando di separare l'ansia dalla verità. In qualche modo sentiva che non era successo niente di irreparabile. E l'idea di riunirsi a loro gli restituiva un senso d'integrità che in quei giorni aveva perduto. C'era qualcosa da fare, un problema in cui affondare le mani. Poteva occuparsi di tutto.

Alle cinque arrivò in ospedale e andò dritto al pronto soccorso.

Individuò subito Emma. Era appoggiata al muro, con le braccia dietro la schiena e lo sguardo al pavimento.

Mentre la raggiungeva vide avvicinarsi un medico accompagnato da una suora. Si fermarono accanto a lei. Fausto pensò che appartenessero entrambi al personale, ma il medico si allontanò e la donna invece rimase. Era piú alta di Emma, e dal modo in cui le rivolse la parola accostandosi al suo viso Fausto ebbe un'intuizione.

Non si erano mai visti. Emma gli aveva parlato di Irene un paio di volte, all'inizio, senza dettagli. Lui aveva creduto che lo facesse quasi per giustificarsi, perché era una ragazza in una situazione disperata, senza amici e con una famiglia ostile, e forse si vergognava di dare di sé un'immagine da derelitta. Gli aveva detto sí, c'è stata una persona importante. Se n'è andata, non so dove sia, non mi ha dato spiegazioni, e in ogni caso non voglio saperne niente, per me è morta. E quando Fausto era tornato sull'argomento tempo dopo, lei aveva detto chiaramente che non voleva le facesse piú nessuna domanda. Non sarebbe stato sorpreso di scoprire che magari era solo un'amica immaginaria. Però aveva pensato che erano fatti suoi, e non aveva indagato oltre.

Invece l'amica esisteva. Era lí, davanti a lui. Del resto lo sapeva da quando aveva chiamato a casa per avvisare che Matilde era con lei.

Era stato allora che Emma gli aveva raccontato tutto. Che si era chiusa in un monastero come una reclusa e nel momento in cui lei aveva piú bisogno della sua presenza. E non le aveva mai spiegato nulla o chiesto scusa.

Per un momento partecipò dell'ostilità di Emma, la vide con i suoi occhi. Capí le paure di sua moglie, e il timore che quella donna avesse approfittato della debolezza di Matilde.

Avanzò a passo deciso, Emma lo sentí arrivare e gli andò incontro.

Mentre la abbracciava vide la suora dietro di lei restare ferma, con le mani raccolte. Era quieta, rispettosa della distanza.

Fausto accarezzò Emma sulla testa, la baciò su una guancia. – Matilde dov'è?

– In ambulatorio, la stanno visitando.

Fausto si guardò intorno. Il pronto soccorso era affollato, anche se non c'era traccia di vere urgenze. Sembravano tutti portatori di un dolore sommesso, sopportabile. Una ventina di persone sedeva sparpagliata, quasi sempre in compagnia.

Emma si girò verso Irene. Non sapeva come presentarla. – Questa è Irene –. Fece una pausa. – Ti ho parlato di lei.

Irene allungò una mano e Fausto ricambiò la stretta senza convinzione. In passato aveva assorbito la rabbia silenziosa di Emma contro quella donna, e adesso che se la trovava di fronte, e la vedeva vicina a sua moglie, non aveva idea di cosa dovesse pensarne.

– Vi lascio soli, – disse Irene. Poi si rivolse a Emma: – Se hai bisogno, cercami sul cellulare, – e si allontanò.

– Come stai? – chiese lui.

– Non è importante. Voglio sapere come sta Matilde.

Fausto le fece segno di sedere. Emma accettò di malavoglia.

– Da quanto la stanno visitando?

– Siamo arrivate verso l'ora di pranzo, non abbiamo aspettato molto. Credo che la trattengano per farle delle analisi.

– Non hai visto nessuno finora?

– No. Tu cosa pensi?

Fausto la guardò perplesso. – Non ne ho idea. Dillo tu a me, sei tu quella che era con lei.

– Stava male, aveva delle perdite, ma non so la gravità della situazione –. Gli prese la mano e intrecciò le dita con le sue. – Se è qualcosa che cambia tutto di nuovo? Se perde il bambino e non può averne altri?

– Possiamo aspettare di sentire un medico prima di iniziare a preoccuparci?

Emma si sottrasse stizzita, ma lui le afferrò di nuovo la mano, e con forza. – Basta, – disse con calma.

Lei non rispose.

– Non voglio che una cosa del genere succeda mai piú.

Emma lo guardò interrogativa.

– Sono stati giorni impossibili. Non siamo mai rimasti separati cosí a lungo, senza motivo. Tu da una parte, Matilde dall'altra, non sapevo niente di nessuna delle due. Lo capisci che non ha senso?

– Ed è colpa mia?

– Forse no, ma non è nemmeno colpa mia. Voglio solo essere certo che questa sia l'ultima volta che succede. Promettimelo.

Aveva un tono duro, deciso. Una rigidità che non era da lui.

– Come faccio? Non prevedo il futuro.

Lui si tolse gli occhiali. – Puoi biasimarmi per qualcosa? Dimmelo ora.

– Non mi pare il caso di parlarne ora.

– Se mi sono comportato in modo decente con te, o con voi, allora merito di essere coinvolto. Se non ho fatto abbastanza, voglio saperlo.

Emma strinse i pugni. – Non ho niente da rimproverarti. Tu non c'entri.

– Io c'entro sempre. Questa è la mia famiglia. Sei stata tu a tenermi fuori, ma io avrei potuto fare di piú.

– E come? Ha deciso tutto Matilde.

– Che ne aveva diritto, – e poi, senza darle il tempo di replicare, aggiunse: – Ti sei pentita di aver lasciato che crescesse con me?

Emma sollevò lo sguardo al soffitto. – Cristo santo, Fausto. Ti sembra il momento di fare terapia di coppia?

– Rispondi, per favore –. Lo diceva con dolcezza, senza recriminazione, come se per lui la richiesta non avesse niente di retorico o consolatorio. Ma anche come se fosse in grado di tollerare qualunque verità.

– Se tornassi indietro, mi sposeresti ancora?

– Perché me lo chiedi ora? Capisci che non ho l'energia per pensarci?

– Allora trovala, perché questa è la prova piú difficile che abbiamo affrontato, e tu non mi hai voluto con te.

Emma rimase in silenzio.

Nessuno dei due si accorse del medico che passava attraverso la porta automatica e si rivolgeva all'infermiera al banco dell'accoglienza. La donna allungò il braccio indicando verso di loro. Non lo videro neppure avvicinarsi e poi fermarsi discretamente a qualche metro di distanza per lasciare che finissero di parlare.

Fu Fausto ad accorgersi di lui. – Il dottore, – sussurrò.

Emma si voltò di scatto. Era un uomo stempiato di mezza età con un camice bianco spiegazzato sopra la divisa blu, e il taschino pieno di penne.

– La ragazza con l'emorragia, – disse il dottore, gettando un'occhiata alla cartella. – Matilde Montanari. Siete i genitori, vero?

Si alzarono entrambi.

– Stanotte la ricoveriamo, ma potete stare tranquilli. Per lei non c'è pericolo e in linea di massima la situazione è chiara –. Fece una pausa, andando con lo sguardo dall'uno all'altro. – Tutto a posto? – chiese. Poi, senza attendere risposta: – La ragazza ha perso il bambino, mi dispiace. È piuttosto frequente, anche nel caso di donne cosí giovani. Ma possiamo dimetterla già domani, e starà bene presto.

Emma e Fausto si cercarono di nuovo le mani senza il coraggio di guardarsi in faccia, sotto il peso di una vergogna che non era grande abbastanza da nascondere l'enorme sollievo che provavano. Era per questo che avevano discusso. Per sovrastare con il frastuono della voce il brusio di quel desiderio, e per assolversi mentre guardavano ovunque tranne che in quella direzione, negando di provarlo.

Il medico diede qualche indicazione, dopodiché si allontanò lasciandoli soli. Tornarono a sedere, e rimasero lí ancora una decina di minuti, mentre la gente entrava e usciva dalle porte automatiche del pronto soccorso.

Infine Emma si alzò. – Dovremmo cercare una stanza per stanotte.

– Non hai risposto alla domanda.

Emma rimase dritta, in piedi, di fronte a lui. – Ti sono ancora grata, Fausto. Lo sarò sempre. Ma fammi capire esattamente cosa vuoi sapere. Mi stai chiedendo se sposandoti ero lucida, o se ho preso una decisione consapevole? Non lo so. Avevo solo paura.

Fausto sospirò stringendo le dita alla radice del naso. Gli occhiali si sollevarono fino alla fronte.

– Ma ti sposerei adesso, per quello che vale, – aggiunse Emma. – Ti sposerei per quello che sei ora. E per come siamo arrivati fino a qui. Se ti accontenti.

Fausto sorrise. – Allora nessuno dei due fa un grosso affare. Ma almeno qualcosa l'abbiamo imparata.

All'ingresso della cappella c'era una porta basculante. Emma spinse ed entrò. Passò accanto a un'acquasantiera modesta, una bacinella verde acquamarina poggiata su un pilastro coperto da un centrino. All'apparenza sembrava che non ci fosse nessuno.

In questo ospedale hanno un'ossessione per le linee curve, pensò. Anche la cappella riprendeva la stessa pianta semicircolare della struttura. Era un ambiente ospitale, con una parete di fondo in vetrocemento che lasciava passare scie di luce opaca e filtrata.

Irene le aveva mandato un messaggio per dirle che l'avrebbe aspettata lí. Sarebbero venuti a prenderla dal monastero entro un'ora.

La riconobbe in fondo, al limite estremo di una panca. Si rigirava il vecchio cellulare tra le mani senza sosta. Emma andò a sedere al suo fianco.

Sulla parete di fronte a loro era appeso un lacerto di affresco dagli orli smangiati, una Madonna con bambino, che sembrava essere stato staccato dalla sede originaria e inserito in un pannello protetto. Una cosa insensata, si disse Emma. Chi stacca un affresco da una chiesa per portarlo nella cappella di un ospedale?

A poca distanza, lí accanto, una statua replicava ancora la Vergine, questa volta però in una diversa iconografia. Senza il figlio, a braccia spalancate, madre di tutta la Chiesa. Sorvegliava il piccolo ambiente dall'alto, in cima a un piedistallo, un mistico vigilante. Come in tutti gli ospedali Maria era ubiqua. Per sanare le afflizioni puoi rivolgerti solo alla versione materna di Dio.

Emma osservò Irene di sottecchi. Quello che aveva visto di lei, finora, corrispondeva all'idea che si era fatta della clausura? Non sapeva rispondere, non aveva niente con cui confrontarlo.

Le venne spontaneo testare la temperatura del proprio rancore. C'era ancora? Le pareva di sí, perché il nodo che le aveva divise non si era sciolto, e nemmeno era stata offerta una spiegazione ragionevole. Ma per la prima volta Emma sentí che la corrente del tempo offriva l'opportunità di un cambio di passo. Le recriminazioni erano legittime, ma la conservazione dell'astio non valeva piú lo sforzo.

– Come sta Matilde? – chiese Irene.

– Bene. Domani possiamo portarla a casa –. Emma esitò, sforzandosi di occultare il sollievo. – Ha perso il bambino.

Irene rimase immobile, come se non avesse sentito. Poi disse: – Mi dispiace moltissimo. Ho pregato tanto.

– Io invece non sono sicura di quello che provo. Non sono sicura che sia un male.

– Capisco anche il tuo stato d'animo.

– Non sono in cerca di assoluzione.

– Bene, perché non ne hai bisogno, e io non sono il papa –. Irene sollevò la testa. – Questo posto mi disturba. Ha qualcosa di innaturale. Guarda, – e indicò verso l'altare: – Non vedi anche tu?

Emma si girò. Non notava niente di strano. Il presbiterio era occupato da una piattaforma in legno che si elevava su due gradini. In cima poggiava l'altare, coperto da una tovaglia bianca. Al centro il leggio con il messale aperto e un vaso di fiori, e accanto un piccolo ambone da cui spuntava il microfono. Sulla parete di fondo c'era il tabernacolo, illuminato da una candela elettrica accesa. Sembrava tutto normale.

– Cosa?

– L'abside.

Emma guardò ancora. Alle spalle dell'altare, al posto del consueto catino convesso, una sporgenza circolare della parete di fondo invadeva il presbiterio, come se il corridoio esterno facesse irruzione nella cappella rubando parte del suo spazio.

– La convessità dell'abside è una funzione della natura divina, – disse Irene. – Me l'hai spiegato tu, vent'anni fa, nella basilica di Massenzio. L'abside è il luogo sacro che ospita l'imperatore. E dopo l'imperatore, Dio. Ma qui gliel'hanno sottratto. È come se l'avessero espropriato –. Poi si girò verso di lei. – Oggi ne avevo molto bisogno.

– Hai ragione, – rispose Emma. – Ci saranno dei buoni motivi, suppongo. Forse in ospedale hanno necessità pratiche da tenere in conto –. Si alzò. – A ogni modo sono venuta solo a dirti che cerchiamo una sistemazione per la notte e domani torniamo a Roma.

C'era altro da aggiungere? Avrebbe dovuto ringraziare? Ringraziare per cosa?

Irene annuí.

– Immagino verranno a prenderti presto, – continuò Emma.

– Non è importante.

– Pensavo volessi tornare prima possibile.

– Pensavo anch'io, ma Agnese è morta un'ora fa.

Emma fissò il cellulare tra le mani di Irene. Aveva smesso di farlo ruotare e lo stringeva forte. Rimase in piedi davanti a lei.

– Mi dispiace.

Irene sorrise. Distolse lo sguardo. – Prima che arrivassi a darmi la notizia mi consolavo con scorciatoie piuttosto profane, di cui forse farei bene a vergognarmi. Agnese che va, e in cambio il figlio di Matilde che arriva. Mercanteggiavo con Dio, l'ho trattato da venditore di tappeti. Però credo che mi avrebbe dato pace. Un equilibrio nella perdita –. Sospirò. – Ma non è andata cosí. O forse l'equilibrio segue una traiettoria che ancora non indovino. Del resto non mi è richiesto di capire. Mi è richiesto di avere fede.

Aprí il palmo della mano verso l'alto. Il gesto di chi elemosina, oppure fa un'offerta senza vincoli. Disponibile a tutto, anche al rifiuto.

Emma abbassò lo sguardo sulla mano aperta e, senza prendersi il tempo di riflettere, appoggiò sopra la sua. Nessuna delle due strinse la presa. Per un tempo molto lungo lasciarono le mani cosí, due ali dischiuse e sovrapposte, come se avessero una diversa conoscenza del mondo e fossero dotate di intelligenza propria. O come se potessero parlarsi a lungo, riparando un danno, in una lingua quieta e senza suono.

23.

Emma riconobbe Matilde ferma accanto al binario. Appoggiava la schiena alla ringhiera delle scale che scendevano al sottopasso. Guardava verso le rotaie. I capelli ormai le arrivavano quasi alle spalle.

Matilde l'aveva chiamata due giorni prima chiedendole di incontrarsi a Cesena per mostrarle il campus, che era stato inaugurato. Entro la fine della settimana però sarebbe dovuta rientrare a Roma. L'ultimo anno di liceo stava per cominciare.

Emma si avvicinò alle sue spalle. – Ciao, – disse.

Negli ultimi tempi si era imposta di pensare a lei solo il minimo indispensabile, quasi certa di fallire. Invece passati i primi giorni, durante i quali ogni oscillazione e ogni impaccio la riportavano alla sua assenza, l'intensità del ricordo si era diluita. Le veniva in mente spesso, ma ogni volta la traiettoria del volo si apriva su uno scenario piú vasto. Matilde non le appariva piú come un'icona conclusa in sé stessa, era invece un elemento del mondo, che si stagliava contro un orizzonte animato di cose e persone in movimento.

Rimasero in piedi impacciate, una di fronte all'altra.

Si erano sentite in modo abbastanza regolare al telefono. Stavolta Matilde aveva rispettato gli accordi senza scorciatoie.

Tuttavia, com'era sempre stato in passato, fra loro rimaneva ben visibile la cifra del distacco, che non era necessariamente legata all'assenza, e che non sapevano come riempire. Un abbraccio sembrava ancora un atto troppo ostentato. Rimediarono con due baci sulla guancia, e si avviarono all'uscita.

– A che ora hai il treno di ritorno? – chiese Matilde imboccando la scala.

Emma si contrasse impercettibilmente. – Sono appena arrivata. E non ho borse, vedi? – disse alzando le braccia come per arrendersi. – Non mi fermo stanotte e me ne vado presto, prometto.

Matilde si bloccò a metà della scala, rigida. Emma scese ancora qualche gradino.

– Volevo solo sapere quanto tempo abbiamo, – rispose. – Nient'altro.

Ah, pensò Emma, subito pentita. Il brutto vizio dell'attacco preventivo.

– Scusa.

Prese il cellulare dalla borsa e fece scorrere i messaggi fino a trovare il biglietto. – Riparto alle cinque e quaranta.

Matilde annuí. – Bene. Abbiamo tutto il tempo. L'appuntamento è a mezzogiorno. Hai fame? – riprese a scendere la scala.

– No. Ma ho voglia di un caffè.

Appena fuori Emma intravide un bar sul lato opposto della strada. – Lí va bene?

Era lo stesso locale dove Eugenio aveva portato Matilde la prima volta in cui lei era andata a trovarlo a Cesena. Dopo l'estate l'aveva rivisto. Da amici si sentivano piú a loro agio. Un rapporto comodo, di conforto, nessun motivo per coltivare rimpianti. Anche Eugenio si era convinto che forse era stato meglio cosí. Non aveva mai saputo la verità. Matilde aveva perso il bambino, dirglielo non avrebbe avuto piú alcun senso.

Ma quel bar era stato il rifugio di due amanti, e la metteva a disagio.

– Qui è triste. Meglio il centro. Ci vogliono dieci minuti, e poi è lí che dobbiamo andare.

– Ma cos'è quest'appuntamento a mezzogiorno?

– Prima il caffè.

Si incamminarono passando attraverso viali stretti fiancheggiati da condomini bassi e alberi scortecciati dentro aiuole squadrate.

Non si vedevano da piú di un mese. Dopo l'aborto e una decina di giorni di convalescenza a Roma, Matilde era partita di nuovo.

«Torni da lei?» le aveva chiesto Emma.

«È possibile».

Emma stavolta aveva accettato senza fare resistenza. Non perché fosse felice, ma perché la resistenza ormai era una cosa al di fuori della sua portata. E forse anche per quello di cui si era resa conto in ospedale, durante il ricovero.

Matilde sdraiata sul letto, vulnerabile e priva di difese. Solo nei primissimi anni di vita riusciva a ricordarla altrettanto inerme. Ma questo non gliel'aveva fatta sentire piú vicina perché, anche se formalmente non aveva rifiutato il suo aiuto, comunque non le aveva parlato, né durante il viaggio in macchina verso l'ospedale, né quando lei e Fausto avevano potuto vederla all'uscita dall'ambulatorio del pronto soccorso. Restava chiusa in sé, fedele all'imperativo di risolvere ogni cosa con i suoi mezzi.

Il giorno successivo, al risveglio dall'anestesia dopo il raschiamento, sembrava normale, forse appena frastornata. Erano sole nella stanza.

Matilde si era sollevata mettendosi a sedere. A voce bassa aveva detto: «Nemmeno adesso riesco a sentirmi diversa. È normale?»

Emma non capí. «Diversa da cosa?»

«Bastano due mesi di gravidanza per fare una madre? Oppure sono troppo pochi, ed è per questo che non capisco?»

«Non lo so. Per me le cose non sono andate cosí».

«Tu come ti sentivi appena hai scoperto di essere incinta?»

Emma si prese del tempo, ma tutto quello che riuscí a richiamare fu la forza dilaniante del panico. «Credo di essere stata troppo atterrita per farmi questa domanda».

«Io invece ci ho pensato molto perché non ero spaventata, e mi sembrava strano. Oppure sí, ero spaventata. Ma non avevo paura di perdermi».

Sollevò il lenzuolo e scoprí le gambe. Nella stanza faceva un caldo asfissiante. «L'ho chiesto anche a Irene».

A Emma sfuggí un sorriso. «Hai chiesto a lei cosa significa essere madre?»

«No, le ho chiesto cos'è secondo lei una donna, rispetto ai figli che decide di avere, oppure che rinuncia ad avere. È una cosa che comunque ti definisce, vuota o piena che sia».

«E lei che ha risposto?»

«Che non le piacciono le generalizzazioni, e quindi poteva parlare solo per sé. Ha detto che lo stesso valeva per me, e che l'unica risposta possibile sarebbe stata quella valida per me e mio figlio, e nessun altro».

«È per questo che sei andata da lei?»

«Non lo so. Forse sono andata perché ho creduto che fosse importante capire chi eri prima di me, e sapevo che tu non me l'avresti detto. Forse nemmeno te ne ricordi. Mi serviva per prendere una decisione. Ma le cose sono andate in modo diverso, – concluse alzandosi in piedi con prudenza, senza allontanarsi dalla sponda del letto. – E ci devo fare pace. È successo, quindi forse ha avuto un senso».

Emma aveva scosso le spalle. «Quindi ogni cosa che accade è un bene?»

«Può darsi. Di sicuro si fanno i conti con quello che c'è».

Emma si era avvicinata alla finestra. Le sembrava una spiegazione inconsueta ma ragionevole. Prendere in considerazione la vita e la sua trama intricata, invece di allestire sempre un campo di battaglia per affermare un principio. Forse anche questa era una via per raggiungere l'età adulta.

Superarono il quartiere che le divideva dal centro storico attraversando una breccia aperta nelle mura antiche. Appena prima di sbucare in piazza Fabbri costeggiarono un vicolo cieco.

La palazzina che faceva angolo era quella dove Eugenio aveva abitato quasi tutto l'inverno, in una stanza bella e piuttosto costosa che anche per questo aveva dovuto lasciare. Era lí che ospitava Matilde quando veniva a trovarlo. Ed era lí che lei era rimasta incinta.

Matilde rallentò, lo faceva sempre quando capitava da quelle parti, come per un desiderio di intima solennità.

La strada era stretta e chiusa al traffico. Accanto alla palazzina si allungava un muro antico in mattoni che la faceva somigliare a una minuscola fortezza. Pensò a ciò che aveva lasciato lí dentro, a quanto aveva davanti, e alla forma che avrebbe assunto il futuro anche perché quello era stato il suo passato.

Continuarono fino ai tavolini di un bar all'aperto in piazza Fabbri. Sedettero e ordinarono due caffè.

Mentre aspettavano, ancora una volta Emma vide con chiarezza l'impaccio fra loro. Ne era stata sempre consapevole, ma in maniera indiretta, imprecisa, come un oggetto che ingombrava un'area periferica del campo visivo. Ora invece le appariva come avesse una consistenza fisica, una cortina nebulosa. Ed era anomalo perché Matilde, stranamente, non sembrava ostile, e l'invito a raggiungerla era partito da lei. Emma avrebbe dovuto esserne felice, e in qualche modo lo era. Ma non c'era ancora nulla di fluido tra loro, nulla di spontaneo.

Arrivarono i caffè. – Vorrei dirti il meno possibile di questa cosa, – iniziò Matilde.

– Cioè?

– È un esperimento sviluppato qui da una start up di ingegneri e qualche informatico, credo. Di norma si occupano di altro. Producono software per il recupero funzionale da patologie neurologiche.

A Emma venne da ridere. – E cosa c'entro io?

– Quello che andiamo a provare non ha niente a che vedere con questo. È un'applicazione diversa della stessa tecnologia. Non serve ai malati. Io l'ho fatto stamattina. Papà ha detto che poteva essere interessante anche per te. All'inizio non ero d'accordo, però poi ho pensato che forse sbagliavo –. Guardò l'orologio. – Manca poco. Andiamo? – Si alzò in piedi.

– Tutto qui? Non mi dici altro?

– Meglio di no. Ti spiegheranno loro.

Si incamminarono lungo via Cesare Battisti. Poi imboccarono una traversa silenziosa e tranquilla. Due file di palazzine moderne e signorili. Matilde si infilò nel primo portone che affacciava su un atrio piuttosto vasto. L'ambiente era grande e l'illuminazione bassa e calda. A Emma sembrò che le finestre fossero oscurate. Sul lato sinistro si allineavano diverse file di sedie, come a formare un piccolo auditorium, mentre dal lato opposto c'erano una ventina di scrivanie dove sedevano ragazzi al lavoro di fronte a un computer.

Matilde si guardò intorno sollevando il mento alla ricerca di qualcosa. Emma seguí la traiettoria del suo sguardo e vide due ragazzi – un maschio e una femmina – alzarsi da una scrivania in fondo alla stanza e venire verso di loro. Erano molto giovani. – Ciao, – li salutò lei. – Questa è mia madre.

I ragazzi si presentarono stringendole la mano.

– Le ha detto tutto? – domandò uno di loro accennando nella direzione di Matilde.

– Veramente no, – rispose Emma. – Non so ancora niente.

Matilde sollevò le braccia, in segno di resa. – Non volevo darle un'idea distorta, non sono nemmeno sicura di saperlo spiegare bene.

– Nessun problema, facciamo noi.

Matilde non si mosse.

– Tu non vieni? – domandò Emma.

– No. Devi essere sola. Ti aspetto qui, non ci vuole molto, – e si lasciò andare su una delle sedie.

I due ragazzi invitarono Emma a entrare in una stanza appartata. Solo uno di loro la seguí.

L'interno era piuttosto spoglio, c'erano un grande tavolo rotondo con un portatile aperto e uno schermo spento, appoggiato a una parete di cui occupava quasi per intero la parte superiore.

Il ragazzo la fece sedere.

– Tranquilla?

– Non molto. Cosa succede ora?

– Niente di strano. Qui lavoriamo allo sviluppo di interazioni fra uomo e macchina attraverso l'analisi dei segnali cerebrali. Lo facciamo tramite un oggetto semplicissimo –. Sollevò un sensore molto sottile che aveva la forma di un cerchietto nero e sembrava realizzato in materiale plastico. – Come vede, una cosa di poco ingombro. E wireless.

– A cosa serve?

– A mappare l'attività del cervello mentre elabora un'emozione –. Le si avvicinò. – Posso?

Emma annuí e lui le sistemò il cerchietto sulla fronte, in orizzontale, collegando i due lobi. Era leggerissimo, senza peso. Poi le fece indossare una cuffia.

– In ambiti diversi un software di questo tipo serve alle persone colpite da ictus. Permette di visualizzare l'interfaccia cerebrale degli arti paralizzati e supporta la riabilitazione. Ma ci stiamo ancora lavorando. Quello che facciamo qui invece è sfruttare lo stesso software per produrre una tela.

– Una tela? – Emma sollevò la testa sorpresa.

– Sí, un quadro. La sintesi dei suoi processi neuronali mentre elabora un'emozione. Lei non deve fare niente, solo ascoltare la musica e pensare a qualcosa di bello. Noi registriamo e poi lo facciamo stampare. Tra un momento la lascio sola. Segua le istruzioni della guida vocale in cuffia. L'esito finale apparirà sullo schermo. Poi per trasferirlo su tela ci vorrà circa una settimana.

– Apparirà cosa? Scusa, non credo di avere capito.

– L'interfaccia cerebrale della sua emozione. Matilde ha scelto il brano musicale per lei. A meno che non voglia cambiarlo.

– Cos'è?

Il ragazzo guardò sul computer.

– Non lo conosco, credo sia un compositore contemporaneo. Erik Satie. Va bene?

Il nome le diceva pochissimo, appena una vaga assonanza. Il ragazzo intanto attendeva la conferma. – Possiamo selezionarne un altro anche ora, se non la convince.

– Non vi ha spiegato perché l'ha scelto?

– Non credo avesse un motivo particolare. Ha detto che a lei piaceva e le sembrava adatto allo scopo.

– Bene. Allora lasciamolo.

– Pronta?

Fece un cenno.

– Si goda l'esperienza. Appena la musica finisce vedrà la mappa comparire sullo schermo. La lascerò sola ancora un paio di minuti perché possa osservarla con calma, poi rientrerò.

E uscí. La luce si abbassò ancora. La voce in cuffia la invitò a chiudere gli occhi, rilassarsi ed evocare un ricordo.

Emma non ne aveva voglia. Tutto quello che avvertiva era una sensazione sterile di vuoto.

La guida tacque, passò ancora qualche secondo e partí il brano musicale.

All'inizio le sembrò di riconoscerlo, ma si convinse subito di essere in errore. Un giro di note semplice, quasi elementare, qualcosa che anche un principiante avrebbe potuto eseguire al pianoforte. Aveva però una bellezza scarna ed essenziale che si intensificava in poche battute e prendeva le distanze dal movimento d'inizio.

Provò a lasciarsi andare chiudendo gli occhi, ma non era a suo agio. Si impose però di attendere che tutto finisse.

Alla fine del brano riaprí gli occhi, che nel frattempo si erano abituati alla penombra. Lo schermo era ancora spento, poi vide i primi segnali di attivazione. Si illuminò gradualmente e dalla superficie grigia emerse un'immagine confusa e poi progressivamente piú nitida, infine il movimento a spirale delle onde si caricò di colore e saturò lo schermo.

Era uno sciame di corpi luminosi in caduta libera. Serpentine e diverticoli che si intrecciavano come lunghe scie di cometa. Un'immagine cosí inconsueta che la sorpresa scacciò via la tristezza.

Sulla matrice dominava un colore scurissimo, il blu che opacizzava lo sfondo, mentre le estremità filanti delle onde allungate dispiegavano tentacoli di medusa di un azzurro luminoso, quasi fosforescente contro lo scenario notturno. Alcune onde si avvolgevano chiudendosi in sé stesse, mentre altre parevano prendere slancio per tuffarsi nel vortice creato dalla curva di un'onda gemella. Era di una bellezza sovrannaturale. Una costellazione celeste in un vuoto siderale silenzioso.

Solo allora la colpí un'evidenza: Matilde era stata il pensiero alla base del suo umore cupo per tutta la durata del brano. Inconsapevolmente il pensiero era andato a lei. Quello che aveva davanti dunque – l'immagine dell'attività elettrica del suo tessuto nervoso – era l'icona della loro dissonanza. L'ostensione della frattura, il segno manifesto delle loro irriducibili identità. Tutto ciò che di Matilde non sapeva e non avrebbe capito mai.

Inspirò profondamente. Non era felice di essere lí, ma lo accettò. Perché malgrado tutto c'era bellezza, e la bellezza è sempre una preghiera e una risposta. Le rimaneva il conforto di un'immagine. Che era fulgida, e che sarebbe rimasta come il segno tangibile di ciò che si poteva salvare.

Camminarono affiancate per quasi venti minuti, poi arrivarono in prossimità del campus. Appariva molto diverso da come Matilde l'aveva visto due mesi prima, silenzioso e desolato, una cattedrale deserta.

Da pochi giorni avevano preso avvio diverse attività, anche se le lezioni non ancora erano iniziate. Gruppi di studenti camminavano lungo il viale nella loro stessa direzione, e di fronte all'entrata alcuni capannelli di ragazzi si fronteggiavano in circolo. C'erano voci, molta confusione.

Le porte antipanico erano aperte e un flusso sostenuto di persone andava e veniva dall'edificio.

Emma si fermò. – Davvero non sei mai entrata?

– Una volta sola, a giugno, mi hanno fatto affacciare all'ingresso, ma era vuoto e ancora in costruzione. Non ci ho piú messo piede da quando ha aperto.

Si rimisero in moto. Emma sentiva l'eco del passo di Matilde al suo fianco. Leggermente protesa in avanti, la cadenza marziale che aveva sempre avuto, pareva sporgersi oltre il limite dell'adolescenza. L'ultimo lembo di terra dove avrebbe ancora potuto afferrarla prima che spiccasse il balzo.

I passanti la incrociavano, qualcuno la sfiorava, ma Matilde continuava a guardare avanti quasi mesmerizzata.

Emma conosceva quell'attitudine. Coincideva sempre con un'emozione incomunicabile. Matilde sembrava essere nel mondo ma non era lí. Il suo sguardo cercava una leva per realizzare una fuga verso l'interno di sé, netta e pulita come la traiettoria di una freccia. Gliel'aveva visto fare mille volte, soprattutto da bambina. Si paralizzava nell'osservazione di un dettaglio che diventava un tunnel per sbucare in uno spazio diverso dove Emma non poteva seguirla.

– Aspetta, – le disse, mettendole una mano sul braccio.

Lei si voltò.

– Vai da sola.

Matilde esitò. – Perché? Credevo ti interessasse.

– Mi interessa moltissimo. Voglio sapere cosa farà di te questo posto. Ma me lo racconterai.

Matilde oscillò da un piede all'altro, lo sguardo vagante dalla madre al campus.

– Sei sicura?

Emma le sfiorò la guancia. – Vai. Ci sentiamo domani.

Matilde fece qualche passo in avanti, esitante, girandosi un paio di volte indietro verso di lei.

Emma rimase ferma finché non la vide voltarsi definitivamente, tornando a guardare dritto davanti a sé con determinazione, come attratta dall'atmosfera di un pianeta con una diversa gravità.

Si muove come una donna, pensò. È una donna.

È altro da me.

Nota al testo.

La citazione in epigrafe è tratta da Elsa Morante, *L'isola di Arturo*, Einaudi, Torino 2014.

La mappatura dell'attività cerebrale durante l'elaborazione delle emozioni mediante un software, presente nel capitolo 23, è ispirata al progetto Brain Art, curato da Vibre srl.

Ringraziamenti.

Il mio primo ringraziamento va al Premio Calvino e a tutto il suo staff. Non dimentico mai che senza di voi non potrei essere qui. Dietro le quinte sono tantissimi, e lavorano senza riposo. L'infaticabile Mario Marchetti, Chiara D'Ippolito, Damiano Latella, Sara Amorosini, Laura Mollea, Loretta Junk.

In Einaudi e nei dintorni ci sono poi diverse persone che mi lasciano sempre basita per competenza e professionalità. Sono tutte donne, e questo accresce la gioia e il sentimento di calore: la mia editor Rosella Postorino, la mia agente Vicki Satlow, e ancora Roberta Pellegrini, Chiara Ferrero, Chiara Crosetti, Stefania Cammillini, Maria Ida Cartoni. Un pensiero particolare e pieno d'amore va a Emanuela Turchetti, che mi ha permesso di entrare in una casa dalle molte presenze, e a Raffaella Pajalich, che mi ha accompagnata. Infine un grazie a Paolo Repetti: sparigliа il gruppo di sole donne, ma non è un buon motivo per dimenticarlo.

In questi ultimi mesi per me è stato imprescindibile anche il gruppo di lavoro della Bottega di Narrazione, perché alimenta senza sosta una spirale di idee che non si placa mai, da cui tutti attingiamo a piene mani: Giulio Mozzi, Claudia Grendene, Giorgia Tribuiani, Demetrio Paolin, Massimo Cassani, Simone Salomoni, Giovanni Zucca, Fiammetta Palpati e Valentina Durante. Ridiamo, beviamo, mangiamo (perlopiú male) e parliamo di libri. Se la qualità del cibo fosse appena migliore, sarebbe l'epitome del paradiso.

Un grazie anche a Costanza Jesurum per alcuni fertili spunti sulla maternità che ho rubato al suo blog, e alle ostetriche Giulia Tesio e Cora Caon, che hanno perso davvero molto tempo per aiutarmi a raccontare il parto di Emma. Un grazie anche a Maria Cristina Sisto per i consigli sulle piante d'appartamento e a Marco Giannoccaro per l'aiuto sull'assistenza domiciliare ai malati terminali.

Infine devo dei ringraziamenti a chi in questi mesi ha fatto da puntello alla mia ansia. Credevo di non averne bisogno, e invece è saltato fuori che non è cosí. Ma c'è chi non si è fatto spaventare: mio marito Roberto, l'unico che sa tutto e vede tutto, e a ogni mia caduta rinsalda la forza dell'abbraccio, e Claudia Grendene, che è stata per me come una dea arcaica della maternità. Ammesso che io abbia capito qualcosa delle madri, lo devo a lei.

Le mie famiglie, quella romana e quella veneta, ci sono sempre quando ne ho bisogno. Vi sento. Grazie.

Indice

Questo libro è stampato su carta contenente fibre certificate FSC®
e con fibre provenienti da altre fonti controllate.

FSC
www.fsc.org
MISTO
Carta da fonti gestite
in maniera responsabile
FSC® C115118

Stampato per conto della Casa editrice Einaudi
presso ELCOGRAF S.p.A. - Stabilimento di Cles (Tn)
nel mese di febbraio 2020

C.L. 24333

Edizione: 1 2 3 4 5 6 7

Anno: 2020 2021 2022 2023